漫娱图书

限 定 好 友 系 列

不成体统　　TEXT ✦ 穆戈　▶▶ 007
一本正经偶尔暗黑哥哥　浪荡不羁偶尔乖巧弟弟

都是密室惹的祸　　TEXT ✦ 秦三见　▶▶ 041
刀子嘴胆大综艺咖　爱面子胆小演技派

锋芒　　TEXT ✦ 一棹雪　▶▶ 063
高冷狠厉助教　中二叛逆少年

鸡尾酒与鸭血锅　　TEXT ✦ 闻笛　▶▶ 097
天然腹黑猎人　高冷俊美首席调酒师

鲸落　　TEXT ✦ mozza.L　▶▶ 125
冷静自持男配角　脆弱执拗男主角

江湖骗子和少侠
TEXT ✦ 百里多肉 ▶▶ 153
碰瓷界"天花板"之江湖骗子 武功奇高智商奇低少侠

篮下争锋
TEXT ✦ 陈芥子 ▶▶ 161
阳光傲娇大少爷 〉 正直纯良小绵羊

和后桌的成长纪录片
TEXT ✦ 等登等灯
暴躁别扭小明星 〉 玩世不恭优等生 ▶▶ 191

一路向北
TEXT ✦ 西子尘 ▶▶
活泼热情留学生 〉 温柔高冷学霸 219

逆火回春
TEXT ✦ 麦克黑 ▶▶
敏感孤僻大学生 〉 落拓潇洒前消防员 231

不成体统

TEXT ♥ 穆戈

上辈子是鱼，投胎时不小心劈了裆，于是长了腿，愿望鱼界和平大富大贵！

> 01

周染刚结束一个客户的心理咨询，起身拉开窗帘想透透气，下午还有两个咨询在等他。

周染的目光照例被对面花里胡哨的门店所吸引——今天不知道又在做什么幺蛾子活动，门口摆了一堆花篮；几个套着玩偶服的"人"晃晃悠悠地在派发玫瑰花和小礼品，身形宛如原始人类早期，蠢笨僵硬，头上的各式明星电子屏头像倒是一个个笑得眼睛都快没了。

门店的名字叫红绳咖啡馆，这家店的招牌也花里胡哨的，五个字就用了十几种颜色，还伴有各种唇印、心形。

"不成体统。"周染"唰"地把窗帘又拉上了，眼不见为净。

刚坐下闭目没两分钟，门被敲开了，助理进来，手上捧着一束能把脸完全遮住的玫瑰。

助理："周老师，对面咖啡馆做情人节活动，老板给我们也送来了一束，摆哪儿呀？"

周染眉头紧蹙："扔了。"

助理："啊，这不好吧，花这么大，扔了可能被他们看到……"

周染："那就搅碎，冲马桶。"

助理:"会……会堵的。"

周染不说话,眉头更蹙,助理捧着花哆哆嗦嗦站在一边。她的这位周老师吧,业务能力一流,口碑也一绝,在业内是很有名望的心理学家,就连他白手起家创建的这家心理咨询机构,在申城这种卧虎藏龙的地方也能排到前三。再加上他本人长得好看,气质好,平常总是一本正经的样子,做事也一丝不苟,举手投足间都散发着令人五体投地的光辉,被人戏称为"心理学界的禁欲绅士"。

她大学毕业后抱着瞎猫碰死耗子的心态来应聘,没想到被录取了,当时真是彗星撞地球都没那么震撼——和她一起竞争的可都是些名校硕士和海归,周老师却唯独挑了她,把她都激动哭了。

后来她问周老师为什么选她,是看出她有什么过人之处吗,结果他说:"哦,当时以为你是一个男生,可以干苦力。"

助理:"……"

幻想破灭也就是一瞬的事情,她也知道自己平常打扮得像男孩子,倒也不必如此明说。好歹她也是认真准备的应聘,周老师却连简历都没仔细看。

不过助理觉得问题不大,只要进来了,甭管什么原因,都是机会。周老师依然是她的衣食父母,是她崇拜的对象。

一开始她确实兴奋,每天看着这位禁欲系帅哥大牛在眼前晃来晃去,心里特美,但还没美过一星期,助理对周老师的滤镜就碎了一地。

她的这位周老师,并不像外界传言的那般,甚至有点腹黑,具体得从对面那家咖啡馆搬过来说起。

对面那家咖啡馆的老板姓边,叫边侯延,大家都叫他边老板。边老板挺年轻的,不到三十岁,也是个大帅哥,属于阳光开朗型。

要说一家咖啡馆就能惹到周老师，那也太夸张了。虽然它装扮得过分惹眼，花里胡哨的元素过多，和周老师朴素的咨询机构的风格完全相反。照周老师的话说，这咖啡馆入驻这条街后，把整条街的审美都拉到了海鲜菜市场的水准，但周老师是何许人也，倒不至于计较这些。

那这咖啡馆是怎么惹到周老师的呢？它虽然名义上是家咖啡馆，实际上却是一家AI体验馆，这位边老板神通广大地搞来了很多人形AI，据说是跟国外几个科学院合作，以此来检测国内市场对AI咨询的认可度。这一水的人形AI都是空运来的。

顾客在店内可以随意挑选AI进行聊天、咨询、授课、打游戏等服务。一方面，与人类互动能促使AI的意识模块升级，有助于开发；另一方面，顾客也能从AI身上得到纯粹而理性的陪伴和指导。

刚开业时，有媒体采访过边老板，边老板谈吐大方，笑称："它们还只是些孩子，需要与人互动来成长，你希望它长成什么样，就那样来与它互动。比如希望它成为老师，你就以学生的姿态与它互动；希望它成为闺蜜，就以闺蜜的姿态与它互动。它会生成专属于顾客的核心模块，每个人，都能与它建立完美的关系。"

媒体："这些AI有自主意识吗？它们不能自己选择成长方向？"

边老板："与其说是自主意识，不如说是偏好，模块在设计时引入了皮亚杰的认知发展理论和班杜拉的交互决定论，对环境的内化和平衡是它的主要加工方式，成长前期的互动中，占了最大比例的东西，会影响它们成长方向的偏好。就像一个人的人格，大部分是由他早期的生长环境所决定的。"

边老板："我手上这批AI，确实产生了成长偏好，它们对于人类精神方面的东西更为敏感，而目前复杂化最快的模块区都和'慰藉'两个字有关，可能是早期互动中，它们接收了过多人类心灵上的空洞和创伤。我店里的一位叫小宝的AI，曾经将一个女孩读给它的创伤日记，谱成了曲，做成了歌，它们有独特的慰藉人类的方式，也许今后，会有不少向'治愈型AI'发展吧。"

媒体："治愈型啊，那不是和心理咨询撞了，会不会产生行业冲击？"

边老板笑了起来："这就不好说了，AI咨询可能确实会是未来的热门方向吧，人类毕竟不能像机器那样全然客观地看待别人的人生，它们却可以。当然，我不会预设它们朝什么方向发展，娱乐型AI的可能性也很高，顾客们可是很喜欢来店里点明星系统的。"

那次采访后，#心理咨询行业会不会被人工智能取代#的话题讨论度就在业内起来了，要说这就和周老师碰上行业竞争了，那也还算不上，毕竟心理咨询和AI咨询是两种性质。

而且明眼人都看得出，这位边老板显然"挂羊头卖狗肉"，治愈型只是随口一提，理念上好看而已，娱乐型AI才更热门。

但自从这家店搬来，还就开在周老师的咨询机构正对面以后，来咨询机构咨询恋爱类心理问题的顾客就流失了一大半，她们都上对面去了。

人都现实得很，与其听周老师冷静理智地分析来缓慢修复受创心灵，还不如获得即时性的快乐来得舒坦。

于是这条街正对着的两家店，左边的红绳咖啡馆每日闹哄哄的，花里胡哨，门庭若市，像个狂欢的赛博游戏派对，而右边的心理咨询机构，板正古旧，像颗被封进箱底的落满了时代的灰尘的顽石。

助理也去体验过一次对面的服务，本来是去探察敌情的，体验完后心态却有了一些转变：AI的灵活性比她想的高多了，并不是她以为的SIRI升级版。才没几分钟AI就摸到了她的性格，专挑她喜欢的话讲，她没忍住，也点了爱豆版本，是真的还挺快乐的！

AI最绝的地方在于大数据，它相当于一个海量数据库，系统会根据搜集到的爱豆数据来形成人设，非常精准，这点在咨询其他问题上也一样占优势，百度百科都没它好使。当你感到迷茫，说出一句"空虚"，它能模仿着你爱豆的声音，立刻给你念一段《不安之书》。

回到店里，小助理的嘴还咧在耳根，迎面就撞上了周老师，周老师皮笑肉不笑地看着她："这么开心。"

她差点给跪下了，于是连忙表忠心说，肯定还是咱心理咨询机构好，那些花里胡哨的玩意儿不成体统，不成体统。

周老师没说什么，一如既往地一本正经，只是例行问了她的感受，听完之后做了总结："在填补空虚这块，它们确实做得挺好。"

助理刚要附和，却听周老师继续道："用另一种空虚填补空虚。"

助理闭嘴了，把咖啡馆给她的宣传单和优惠券交给了周老师，然后马不停蹄地去工作。

红绳咖啡馆刚开业时，那位边老板也来送过宣传单和优惠券，但周老师并未露面，全都是她代收的。这位边老板可太会说话了，一直笑嘻嘻地夸机构的装潢优雅，还说以后有不懂的就过来请教。

助理当时就腹诽，您还是别来请教了，我怕您被周老师骂哭。

那些传单她最终也没给周老师，怕自己被他骂哭。而这回被撞了个正着，手里的传单和优惠券自然得上缴，不然跟受了贿似的。

周老师没拒绝，拿了就上楼了。助理松了口气，觉得兴许是自己想多了，她周老师可是正统心理学界有头有脸的人物，哪会跟一家新兴的AI咨询咖啡馆置气，这太有失身份了。

这么想着，助理给周老师泡了杯独门手艺的速溶咖啡，并亲自送上楼。但那杯咖啡最终也没能端进去。

周老师办公室的门没关。此刻，周老师正把红绳咖啡馆的宣传单和优惠券，一张一张地塞进那台平时用来搅碎文件的碎纸机里。

碎纸机开了最小档，传单被竖着放进去搅碎一次，倒出来的碎条又被横着放进去搅一次；再倒出来，再放进去……就这样，一张接一张，每一张都搅得稀烂。周老师的动作缓慢而优雅，嘴边挂着似有若无的笑。

助理站在门口吞了口口水，觉得被放进碎纸机的仿佛是她，周老师那个笑容，太暗黑了。

于是助理溜了，且从此对碎纸机和周老师有了阴影，她也意识到但凡碰上对面那家咖啡馆的事，周老师的恶魔面就出来了。

但那时，周老师的心理机构和红绳咖啡馆还没有明面上闹僵，促使两方正式成为对头的，除了潜移默化的影响之外，还有两件算得上转折点的事。

第一件事是关于一位周老师的老顾客徐小姐的，这位顾客是来咨询恋爱问题的，性格蛮横骄纵。周老师给她做了六个月左右的精神分析，这比起正统精神分析其实也不算长。但现在的人们追求短平快，本土化的精神分析也开始变形，尽量短而精。

徐小姐的本质问题也并非恋爱问题，而是一些未能处理的早期情结在阻止她获得爱情。

徐小姐一开始还算听话，到后面却越来越不配合。有一回她跟周老师吵起来，说不想这么累地找原因，她就想快速摆脱单身。

周老师："没有一种成长是不经历痛苦的。"

徐小姐显然不想听，她大喊大叫："我去对面就不需要！他们从不要求我想这个想那个，他们直接给我爱情！"

周老师合上了钢笔笔帽："如果你觉得那是爱情，那你去吧。"

徐小姐真就去了，从那以后每一次和周老师约好的咨询时间，她都去了对面。同样的一小时，每回她都脸红心跳地从对面走出来，然后朝周老师的办公室翻白眼。

要说这位徐小姐疯起来确实缺德，她爽约了周老师三次后，周老师便将她的咨询取消了。徐小姐就来大吵大闹，说她是付了钱的，凭什么取消她的咨询，周老师冷静而温和地道："合约上写着'无故缺席三次以上，咨询关系作废'，剩余的咨询费用已经全部退给您了。"

徐小姐："这什么规定？我在对面那家店就算缺席一百一千次，我还是他们的VIP。"

周老师："那么祝您在对面玩得开心，心理咨询是一项长期建立信任关系的过程，人和机器不同，缺席不利于信任建立，再继续下去也是浪费您的时间。徐小姐不信任我，也不愿意把自己交给咨询师，什么时候等您真的准备好了，这里的大门再为您打开。"

一番话说得滴水不漏，徐小姐更气了，不依不饶地要求他恢复咨询关系。可周老师哪儿是那么容易被拿捏的，徐小姐最后只得败下阵来。

但她气不过，于是四处败坏咨询机构的名声，把进机构的客人都游说到对面咖啡馆去，大声宣称周老师是个庸医，完全没有对面的边老板能抚慰人心。

咨询室确实被她撬走了一些人。

不只是她的缘故，对面的边侯延边老板也确实是位神人，手下的AI开发得非常好，将服务做到了极致，还有各式各样的模式。但凡顾客提出新的人设或需求，不超过一周，咖啡馆里的AI就会更新新的人设模块。前一阵子他们甚至还推出了AI教学模式，当真有家长把孩子送去补习了，这个教学模式是利用大数据分析孩子的薄弱科目，针对性地出题指导。就此可见，AI咨询的业务范围广到不可思议。

小助理上次去体验时，经过他们的维护室还吓了一跳，AI每个月都有服务考核，每个AI每天都有规定的学习时长，每周一次咨询模拟考试，要是不及格，模块就会重组，该人设就会被废掉。

压力瞬间上来了，现在连AI学习都这么努力的吗？咖啡馆图书室内的心理学书籍甚至比她攒的还多，有好些本她都没见过。

小助理痛定思痛，回去就把记下的都买了，一个劲地啃，啃了一阵,她觉得自己身为一个人类,就算去对面做模拟咨询和专业知识考核,都不一定能过吧。

那位边老板更是风头无两,有综艺节目来他家门店打卡,节目里某知名女演员点了一个招聘 AI 演一日情侣,那期节目效果好到爆炸,边老板还和人机恋一起上了热搜,甚至有人怀疑边老板长得这么好看、情商又高,该不会就是个开发完整的 AI 吧。直到网友扒出了边老板的简历,发现他有完整人生才作罢。但那一扒却发现,边老板不是学人工智能的,而是学心理学的,还是在国内的顶尖学府读到了心理学硕士,差一点就读博了,却半路退了学,去各个开发人工智能的公司打工做实习生。后来他又去国外专修了人工智能,接触到了愿意合作的科学院,经历可谓丰富。

那次之后,红绳咖啡馆的风头更甚,还推出了线上 AI 咨询等活动。周老师也看了那期节目,虽说周老师极其讨厌边老板,但只要有他出镜的节目,周老师期期都看,然后再评价一句:不成体统。

就这样,随着徐小姐的闹剧和边老板的风光,越来越多周老师的客人被对面撬走了。

这是引爆双方关系的其中一件事;另一件事,是关于定价的。

有一天,对面咖啡馆贴出了最新价目单,普通 AI 咨询 300 元一小时,专业 AI 咨询 1000 元一小时,自定义顶配 AI 咨询 2000 元一小时。

周老师看见了,他站在那儿看了价目单很久,然后撕下来,第一次走进了红绳咖啡馆。

小助理吓得心脏都要骤停了,立刻跟了进去。此刻周老板一如既往的礼貌优雅,还面带笑容。但小助理可认得那笑容,那是把优惠券放进碎纸机里的笑容。

店里的 AI 们显然识别出了周老师,毕竟就在对街,周老师又是业内大拿,数据库一搜就能搜出很多关于他的信息。看到他进来,AI 们都迈着笨拙缓慢的步伐前来招呼,满脸天真的待客机器笑脸,完全没意识到风雨欲来。这些 AI 装扮得花里胡哨,看得出身体有修正过,越来越接近人类的关节细节,肌肉弧度、性格类型也分化得越来越精细,阳光型、高冷型、温暖型、知性型……应有尽有。小助理想拦着他们别不长眼地问出那句"想要什么类型的"。

她是真怕他们被周老师暗杀啊。

糟糕的事没发生,这些 AI 都对周老师很尊敬,请他坐下,给他倒茶,再去喊边老板。

周老师没有坐:"我就来问几个问题。"

边老板很快下来了,穿着休闲服,很显年轻,走近以后比周老师还高出小半个头。他看到周老师手里拿的价目单,笑着"唔"了一声:"周老师这种级别的就不用看价目了,免单。"

小助理两眼一抹黑,这位边老板还真是敢在太岁头上动土,今天怕不是要打起来。

周老师没跟他周旋,举起价目单:"这个上面写的专业 AI 咨询,是指从事咨询行业有半年以上经验的 AI;而顶配 AI 咨询,是指从事这行一年以上的 AI,你们是按这个标准定价的吗?"

边老板:"倒是没有这个规定,关键是看 AI 现阶段的资质,周老师对此有什么意见吗?"

周老师:"有,按照这个标准,请问你们定价凭什么这么高?"

此话一出,四周皆静,小助理也顿住了,这还是她第一次看周老师当面对他们发难。

边老板想了会儿:"就咨询价格来说,确实高于市场价,但 AI 咨询毕竟跟人力咨询不同，日常维护和更新系统也需要大量资金，而且我们的质量和口碑也都远高于市场标准……周老师不妨有话直说。"

周老师突然指向小助理："她是我咨询机构的新人，刚来第一年，三个月前刚转正，你猜找她做一小时咨询要多少钱？"

边老板没说话，表示洗耳恭听。

周老师："80 元。"

边老板还是没说话。

周老师："实习生做咨询，普遍 50 元一小时起，这个是硕士生的门槛；而专业的心理咨询师，指咨询个案总时长在 1000 个小时以上的，收费 800 元一小时；你所谓的顶配，我就对应资深心理咨询师好了，咨询个案总时长在 3000 个小时以上的，收费 1500 元一小时，他们还有各项职业资格证书，你的 AI 们有吗？它们能拿出任何一项国家或世界认证的业界咨询资格证明吗？"

边老板沉默片刻，而后笑了笑："周老师言重了，我们毕竟跟心理咨询不同，尽管它们需要吸收经验并学习，但和时间长短的关系不是那么大，人类进入睡眠的时候它们也在学习，白天的经验可以重复演练，毕竟这一行是新兴产业，咨询资格证书的话，肯定是没有的，连标准都还没太系统地确立呢。"

周老师："既然专业性无法保证，你们凭什么定价这么高？"

小助理觉得今天的周老师不太寻常，有点不依不饶。

半晌，边老板笑了，还是那种浑不憷的笑，似乎毫不介意周老师的这番质问："这就高了吗？我个人的咨询价格，3000 元一小时呢。"

小助理屏住了呼吸，感觉要出大事了——周老师的咨询费，也是 3000 元一小时。

但这可是周老师啊，是心理咨询业界大拿周老师，博士生导师周老师，申城心理协会副会长周老师……他的 3000 元，怎么能跟新兴

AI店主的3000元一样?何况边老板还比周老师小了四岁,咨询这个行业,是有明确经验和学术层级碾压的。

这位边老板简直是在周老师的雷点上"蹦迪"。

小助理捂脸了,她有点害怕,毕竟这是人家的地盘,满店的AI,真打起来,书生气质的周老师肯定会被按在地上摩擦的,就算她能抵半个男人,也抵不住这么多机器人啊。

正当小助理脑补到叫救护车时,却见她书生气质的周老师已经走出咖啡馆了。什么都没发生,他真就是来问问的。

小助理连忙跟出去,看到周老师正把那张撕下来的价目单贴回去,认认真真,一丝不苟,边角都抚平了,和撕下前一样。

不知怎的,看着这样的周老师,她有点鼻酸。

贴完,周老师沉默地走回自家的咨询机构。就观感上而言,这间朴素的咨询机构比起花里胡哨的咖啡馆,确实不太吸睛。它并不陈旧,反而很庄重典雅,但在新的五光十色潮流的冲击下,经典就被铺上了"陈旧"。

小助理跟在边上,想宽慰他,给咖啡馆找补:"周老师,造出一个AI,成本其实挺高的,这个价格可能也不算太离谱……"

他淡淡地道:"人就很廉价吗?"小助理一愣。

周老师:"你知道,培育一个成熟的心理咨询师需要花多少钱吗?"

小助理:"……很多?"

周老师:"当一个心理咨询师真正能够赚钱的时候,他的前期投资起码有一百万元,这是起码,更别提那些出国留学深造的。一个好的心理咨询师,是用黄金堆起来的。"

小助理点点头,心理学的学费确实高,跟高等艺术一样,甚至更贵,不提读硕读博的高昂学费,还有各种咨询流派的校外工作坊课程,都非常贵。可以说一名好的心理咨询师的前半生就是在不断地参加这

些昂贵的工作坊,拿到各种各样的职业资格证书中度过的。咱周老师的资格证书叠起来大约有他这个人这么高。至于小助理,她赚来的工资基本都拿去当学费了,自己的生活费还需要家里补贴,她就是因为这个原因才放弃了深造,直接出来实习了,实在耗不起。

周老师:"如果随便来个AI,就能比专业刻苦、花钱训练了几十年的心理咨询师赚得多,那么这一行,还能有好的心理咨询师吗?谁还会愿意在变数极大的人类身上下这种成本?如果机器能这么轻易地取代人与人之间最不可捉摸的咨询共情,人类还剩下什么?"

小助理不知回什么,周老师一直是行业明灯,对于心理咨询的门槛越来越低这件事一直在发声质疑。他的眼里揉不得沙子,见不得糊弄人的玩意儿,AI咨询这种事肯定入不了他的眼,却得被迫接受这项横空出世的新兴产业比咨询师赚钱多,更受欢迎的事实。

周老师:"如此随意,不成体统,没有信仰。修复人心,是很容易出错的,一个心理咨询师,是永远都在修炼路上的,他永远都在学习,在进行自我审查,他永远在痛苦和自律中徘徊,努力达到天人的境界,AI领会痛苦了吗?它们愿意沉湎在痛苦中吗?它们能明白圣贤不是无穷的数据复杂化,而是思极至空吗?"

他突然低头看向小助理,看得小助理心里一咯噔。

"你问过我,为什么你现在还只能当助理。因为你还没有这个觉悟。千金散尽、孑然一身、求圣求德的觉悟。"

小助理点头如捣蒜,感觉精神受到了洗礼。

自那之后,红绳咖啡馆和周老师的心理机构就正式水火不容了,其实说水火不容,也只是周老师单方面不爽边老板,边老板对周老师始终很客气,逢年过节总会送礼物来。这不,今天的情人节活动,就

把全店最大的一捧玫瑰给他端过来了,里面还有一张卡片,小助理自然没胆子看。边老板每次送礼,都会给周老师写卡片,但周老师从没看过,每次都扔了。

小助理捧着这一大束玫瑰,在一旁惶恐不安,等着周老师发号施令。肯定是不能扔进马桶的,花这么大,真的会堵的。

半晌,周老师起身,把花接过了,说他跑远点找地方扔,小助理谢天谢地了一会儿,溜了。

晚上,周染捧着那花回了爹妈家。今天正巧是老头子生日,他为了回家祝寿,还拎了两瓶茅台。

一进门,厨房门口就探出一个脑袋,那人穿着卡通熊围裙,笑嘻嘻地道:"哥,你回来了。"

话音未落,那声音的主人一愣,惊喜道:"你把花拿回来了?我还以为你会扔掉呢。"

周染的脸臭了:"你来做什么?"

边侯延在他家一向装得很乖:"叔叔生日,我肯定得来祝寿啊,我也有一阵子没见叔叔了。"

刚说完,厨房里就钻出了另一个人——是他爹:"难得大忙人还记得家在哪儿。小延可比你回家勤,你边阿姨边叔叔别提多舒坦,就我摊上个不着家的。"

说完也不等他答话就进去了。这是老头子的常规操作,在闹别扭呢。周染把茅台放到桌上,正愁那么大捧花摆哪里,花就被接过了。边侯延小心地把花放在桌上,然后他解下围裙,系在周染身上,体贴道:"哥,你快进去陪叔叔聊会儿。"

周染推开了他,自己动手:"要你说?"

周染进了厨房,他爹没理他,兀自洗菜,他便也杵在一旁不吭声。半晌,老头给他递了根洗干净的黄瓜,他顺势接过,到一旁切菜。

两人洗菜切菜，全程没有一句交流，收拾完，老头心情好了，还哼起了歌，便把他轰了出去："叫小延进来，就你这三脚猫的做菜功夫，我才不要吃。"

周染憋着没问出：小延长小延短，您怎么不找他做儿子？

周染出去了，把围裙解了，丢给正在摆弄花的边侯延。

风水轮流转，以前可不是这样的。从小到大，周染才是那个"别人家的孩子"，他还记得小时候，边侯延满脸怨恨地来找他，问他为什么不是边家的儿子，他爹妈成天把周染挂在嘴上，用来数落边侯延。

他当时是怎么回的来着？好像是低头对这个小豆丁冷言冷语了几句，大抵是"羡慕我，你就追上来"这种话，那时他已经上了初中，对一个邻居家的小学生毫无兴趣。

再一转眼，这个小豆丁已经比他还高了。

边豆丁把围裙系上，笑着问他哥："花喜欢吗？"

周染："我是想拿回来扔掉的。"

边侯延丝毫不介意他哥的冷漠，兀自笑道："看来是很喜欢，不喜欢你不会带回来，我太了解你了，哥。"说完也不等他反应，就进厨房了，没一会儿里面就传出热闹的讲话声。

桌上，那捧玫瑰已经被好好地插在了四个花瓶里。

菜端出来前，周母带着边叔叔和边阿姨回来了，他们之前逛街去了。周母一看到周染就眉开眼笑地把刚买的围巾往他脖子上套，边叔叔和边阿姨也围过来，对周染嘘寒问暖。

边侯延从厨房端菜出来，咳了一声："Hello，你们亲儿子在这儿呢，还看得见我不？"

几人笑作一团，兴高采烈地开席了。

边侯延做的菜一如既往地获得了所有人的一致好评，只有周染没吭声，也没吃几口，边侯延就坐在他边上，殷勤地给他夹菜。

周染不动声色地把饭碗移开,在原来的位置摆上垃圾盘。边侯延看到后顿了几秒,把夹来的菜收回去了,再没给周染夹过。

席上所有人挨个祝福了周父,然后照例进入了聊俩孩子童年糗事的环节。周染没什么糗事,从小到大都是光辉灿烂的经历,糗事基本是边侯延的,边侯延也不恼,自己听得直笑。

周、边两家是邻居,孩子没出世前就是朋友,边家的孩子比周家的晚生了四年,据说边父边母本来并不打算要孩子,是因为太喜欢周染了,所以才决定生一个。

生下来的这个孩子样样被拿来和周染比较,连"侯延"这两个字,都是叫周染在字典里选的。边父边母就指望这孩子能有周染的灵性。可边侯延生性好动调皮,和周染那冷静自制的性子差了十万八千里,怎么都不可能活成个周染二号,边父边母终日唉声叹气。

于是边侯延这小子从小就对这位天才邻居哥哥有着阶级性的仇恨。到会打弹珠的时候,边侯延第一个把弹弓对准的就是周染的窗户,窗给砸碎了,周染一脸冷漠,周父周母笑,边父边母呵斥,边侯延哭。

这个循环一直持续到周染上初中。上了初中的周染仍然年年考第一,还被评为市模范少年。当时被数落够了的边侯延怨恨地来找周染单挑,周染却三言两语就把边侯延打发了,完全没把他当回事。但那些话可能挫伤了边侯延小小的自尊心,于是他也开始奋发图强,成绩节节攀升,势要超越对他不屑一顾的邻居哥哥。

那些年里,每当逢年过节,边家的春联和孔明灯上总是拓着边侯延歪七扭八的幼稚字体:"干掉周染""超越周染""把周染大混蛋踩在脚底下让他喊我哥哥"。

这自然少不了被边父边母一通骂,但边侯延同学不畏强权,越挫越勇。这些孔明灯被这满怀怨恨的小崽子放上天时,周染就在隔壁看着,有一回还掉下来了一盏,就落在他窗前,"周染虚伪混蛋"几个字明晃

晃地在他眼前，然后被火烧了个干净。周染冷哼一声："幼稚。"

在这些宣告式满天飞的怨恨里，边侯延的成绩逐渐名列前茅，让边父边母乐歪了嘴，深觉自家的烂泥终于扶上了墙。

所以上第一堂社会课，老师讲科学技术是第一生产力时，边侯延就腹诽：明明怨恨才是第一生产力。

到边侯延中考时，他把周染四年前的中考志愿表拿回去照着填了一份，然后考上了同一所市重点高中，彼时的周染已经上大学了。

之后，边侯延又把周染的高考志愿表要来照抄一份，并成功考上了同一所顶尖大学，专业也是同一个——心理学。甚至各项社团活动也是周染参加过什么，他就参加什么，完全追着跑，想要在周染取得过的所有成绩后面，都印上自己的名字，不遗余力地践行着超越周染的庞大人生计划。

不知从何时起，周染竟也习惯身后有个跟屁虫了——这个跟屁虫一步一个脚印地追着他，一有什么进展就到他面前炫耀。刚开始跟屁虫还挺有骨气地自个儿钻研，后面就变得厚颜无耻，打着"师夷长技以制夷"的口号，强拽着周染帮他补习，把周染的笔记也给搜刮光了。

起初边侯延对周染的态度很恶劣，被周染三番两次的打压后，也学乖了，会张嘴叫"哥"了，这一叫就是十多年，原先满是怨恨不甘的嘲讽语气，也不知何时渐渐变了味儿，那声"哥"越叫越熟练。

边侯延十八岁生日那天，周染随导师在外省办事，回来已经过十二点了。当周染疲惫地到家时却见门口蹲着个人，那人头埋在膝盖里，大大一坨堵在门口，彼时周染已经搬出来住了。

那人听到声音，抬头，一声不吭地盯着周染，十八岁的脸上挂着八岁的表情。周染本想说"生日快乐，礼物送到你学校了"，但看边

侯延的表情认为他大概也不想听,便没有说。

进屋之后,周染撩起袖子,给拉长着脸的边侯延做了碗鸡蛋羹,边侯延跟饿了几天似的一扫而空,就差没舔盘子了。边侯延吃完一抹嘴道:"哥,以后还是我给你做饭吧,你这手艺会把自己吃死的。"

他嫌弃完,又莫名其妙地笑了:"只有做饭,你永远比不过我。"

晚上睡觉,边侯延不让关灯,就睁着眼盯着灯看,周染困得很,眼都闭上了,不知道这人又整什么幺蛾子:"这样盯着,你的眼睛不累吗?"

睡意蒙眬间,周染听边侯延笑道:"这么点儿哪会累,我可是十年如一日地盯着一个太阳呢。盯久了,人都被烧了。"

边侯延大一入学时,周染已经保研了,照例,边侯延的目标也瞄准了研究生,要选周染的导师,和他入同一个师门。

但等到边侯延能考研时,周染的导师已经退休了,他没能拜入其门下。就为这事,边侯延气了很久,在外夜不归宿地喝酒,最后是周染亲自把他从大排档捞回来的,还给他介绍了自己博士生的导师,导师破格收了周染这个硕士。

那晚把人从大排档捞回来时,边侯延醉得直说胡话,一会儿嚷嚷"凭什么呀""我都这么努力了",一会儿又惶恐地拽着他的胳膊:"哥,你看见我了吧,看见我了吧。"

一向在他面前牛气冲天的边侯延鲜有这副模样,周染觉得挺新鲜的,还录了一段,而后没啥感情地安抚:"看见你了,臭死了。"

把人拖到家里时,边侯延都不省人事了,还死拽着周染的胳膊,扒也扒不开,他嘴里嘟囔着:"追到你了。"

周染看了他良久,没把手挪开,就让他抱着睡了,自己却一夜未眠。

边侯延打小无论是怨恨还是追赶,黏在周染身边的时间远长于待在父母身边的,边父边母也说这孩子是白养了,估计拿周染才当真爹。

周染自己也这么觉得,边侯延确实像他一手拉扯大的。边侯延把

周染作为前进目标，他也乐意拉一把失足少年，要说边侯延能成才，周染的功劳可比边父边母大多了。有时周染自己都觉得他做的时间最长最成功的心理咨询，就是对边侯延的。

这种情况持续到边侯延打算读博那年。

周染从申博选题、论文架构，到导师层面都帮他打点好了，等边侯延博士毕业后，可以直接来他的工作室，给他挂名"专业心理咨询师"，周染甚至连他的未来都规划好了，一片坦途。但这个时候边侯延却忽然说不读了，想出去工作，然后真的就放弃了到手的学业，自己跑去研究什么人工智能。

周染不知道边侯延是哪里出了问题，他不想回忆当时和边侯延吵架的情景，他一生的修养全都断送在这个人身上了。很意外，一向追着他跑、听他安排的边侯延，那次却很坚决，第一次主动选择了自己的人生。

一个周染万分不解的人生。

之后，他们彻底断交了，不管边侯延怎么找周染，周染都不理会，直到去年这厮忽然把他的AI店开到他的咨询机构对面来。

手里的酒杯突然被拿下，边侯延温声道："哥，别光喝酒了，你没吃几口东西，小心一会儿胃疼。"

周染从回忆中醒神，躲开他的手，听他这么假模假样地说话，才让人胃疼。

07

饭吃到十点，该走了，周染和边侯延大学就都搬出去住了，工作后更是在外面租了房，只不过以前是住一起，现在是分开住。

周染喝了酒，不能开车，想散步去小区外打车，边侯延让他坐自己的车，周染没理他。

于是边侯延也不开车了，就跟在周染身边，也不说话，却在周染要趔趄时及时扶了一把。

周染本来就压着火,他转头道:"边老板,我们不顺路吧。"

边侯延没什么表情,只是轻轻笑了笑:"哥,虽然我很不喜欢你这么喊我,但如果只有这个称呼能让你正眼看我,你可以一直这么喊。"

有病。周染不理他,走得越来越快,边侯延也就跟在后面,到后来两人像在比赛竞走,都快三十岁的人了,样子实在搞笑。

边侯延笑出了声:"哥,你还记得我高考那段时间,老是因为作文写不好而发脾气吗,你当时就跑来学校把我拎去操场上让我竞走,说这样可以让脑子清醒一下,走路时可以想作文……"

"边侯延。"周染打断他。边侯延一顿,笑容僵在脸上,周染不会轻易叫他名字,一般叫了,就是真生气了。

周染:"别跟着我。"

边侯延没听话,又跟上了,嘟囔了一句:"我又不是第一天跟。"

这话把周染点着了:"你图什么啊?"

都自立门户了,还搁他面前装小白兔。

边侯延沉默了片刻:"哥,那你气什么呢?"

周染一顿,不说话。

边侯延笑了笑,显得玩世不恭:"从小到大我都追赶你,样样比你差,你是气不过我现在压你一头了,不想承认我比你成功了?"

周染轻蔑一笑:"成功?你管你那破地方叫成功?"

边侯延脸白了一分,从小到大他哥的鄙夷对他都是杀伤力最大的武器。他沉默片刻,软下语气:"你不会不明白,我就算再怎么追赶你的脚步,也变不成你。"

周染:"所以你就自甘堕落吗?!"

周染胸腔起伏,看着这个他一手拉大,拥有了过人的专业素质和大好前程,却轻易把这十多年的栽培一扫而空的弟弟直生气。他花了多少时间、精力,才培育出一个边侯延来?他可惜啊,可惜边侯延是

他一手教出来的咨询好苗子，他痛苦过、怀疑过，他是哪一步把这个孩子教错了，让他走偏的，他之前明明是追着自己在走的啊。

边侯延沉默半晌，咧开嘴角："自甘堕落……说白了，你还是瞧不上我，你觉得除了你规划的那个未来，我自己的选择和付出都不值一提。"

"对。"

周染转身就走，不想再看他那副虚伪的受伤样。

边侯延没再跟上来，等周染走出十多米后，听他在背后喊："哥，你为什么从不来我店里体验一次？你真的知道我在做什么吗？你根本不了解我，就轻易给我判死刑！"

周染自然没理他，去他店里体验？这是什么笑话，他走得更快了，身后的声音逐渐听不到了。

之后，周老师还是周老师，边老板还是边老板，白天他们依然是对头，端庄朴素对花里胡哨，正统专业对不成体统。

但边老板开始频繁出入周老师的心理咨询机构，看得小助理每天都心慌，生怕周老师突然生气引起血光之灾。

边老板是来预约周老师做咨询的，周老师不想接，小助理只能礼貌婉拒道："周老师最近的排客量到两个月后了，暂时抽不出时间接新的咨询，您考虑换其他老师吗？我们机构其他专业老师也很多的。"

边老板笑得丰神俊朗："没事，我可以等呀。你先帮我预约上，我就要挂他的号，而且两个月里，肯定会有人临时结束咨询的，这行我熟，有空位了你就帮我约上呀。"

小助理打着哈哈，思索着边老板怎么对心理咨询行当这么了解，又听他道："对了，你们有位李小姐原本也是他的来访者，她来我这儿时曾说起她从这个月起就不来了，所以其实是有空位的吧，你再仔细看看？"

小助理："……"

她强打起精神："李小姐确实结束咨询了，但有其他人先排上了。"

边老板点点头："那你们这儿还有位侯先生吧……"

小助理眼睛一亮，这题她会！

"虽然不知道您是从何处得知的客户信息，这不太好，但侯先生很早前就预约周老师的号了，他还在，没跑！"

边老板笑盈盈地点头："我知道他没跑呀，这个侯先生是我的小号，你看看排到哪天了，把我替换上。"

小助理："……"

小助理的脑子里响起"K.O."的声音，这真的搞不定，敢情一开始就拿她当猴耍呢，这边老板跟周老师是一路货色，都是魔鬼。

她焦头烂额地去找周老师反馈，周老师听完没啥反应，就说"知道了"，然后把她打发了。

边侯延如愿在随后的第三天走进了周染的咨询室，进去第一句话就是："周老师，可以换个地点做咨询吗？"

周染没回答，目光冷淡，用眼神示意为什么不提前商量，以及是否有这个必要。

心理咨询的地点不一定要在咨询室，如果来访者有明确需求，可以在一定程度上顺应来访者，因为环境对治疗也是有着因人而异的重要作用的，但一般都需要来访者提前和咨询师进行商量，很少有像边侯延这样临门来一脚的。

边侯延头一歪："就在楼下，很近的，不会耽误您太久时间，您就挪个屁股的事儿。"

于是，小助理就看到刚进咨询室不足一分钟的边老板和周老师一起下楼、出门。两人走到路边，有人已经在那儿放好了两张椅子，边老板率先坐下，周老师紧跟着坐下，他们就坐在那儿看着两旁的咖啡馆和心理咨询机构。

小助理心想：周老师终于被边老板逼疯了吗？

周染坐下后，问边侯延："你搞什么鬼？"

边侯延笑笑："哥，先看着呗，两个小时后你就知道了。"

周染冷冰冰道："咨询时间只有四十五分钟。"

边侯延："我能把下次的时间也挪到今天用吗？"

周染："每次咨询不能超时。"

边侯延举手投降："这不是因人而异嘛，我是个特殊的咨询对象，可以对我适当延时吗？"

周染用一本正经的脸表达了拒绝。

边侯延："行，一小时也行。"

周染："四十五分钟。"

边侯延闭嘴了，两人就这么在马路边坐了四十五分钟，看着两边的门店，没有一句交流。这条街上基本没有车，过路的人都是步行，于是每个经过他们的人都会奇怪地看他们一眼，然后走开。

半小时后，周染的脸色开始变得难看，边侯延却春风得意了。

四十五分钟过去，谁也没说结束。

那一天，他们从白天坐到了晚上，一句交流都没有。

结束时，周染一时没能起身，因为坐太久了，下半身都麻了。

边侯延扶了他一把："哥，你没事吧？"

周染脸色铁青，拂开了他，一句话不说，朝咨询机构一步步往回走。

边侯延不甘心，在身后追问："哥，你也看到了。"

周染一顿，停住了步子，他确实看到了，看了一天了。

所有从他的咨询机构出来的人，都面带苦色，或沉重，或哭泣，或麻木；而从咖啡馆出来的人，脸上都带着笑意，展现出一种生命的轻盈感。

进去的人也是，进咖啡馆的人，毫不犹豫地拉开了门把手，精神饱满地踏进去了；而进咨询机构的人，背上似乎压着大山，脖子上似乎架着刀。

周染忽而一阵头重脚轻，有点晕眩，边侯延连忙上前扶住他，蹙眉道："哥，你是不是又没吃午饭？"

周染试图推开边侯延却推不开，他好像陷入了某种重复的梦魇，有些想吐。

边侯延："哥，你还记得你刚开始工作那年，我还在读研，你有一天晚上没回来，最后我是在学校操场找到你，你那时都魔怔了，整个人是失神的，那是我第一次见你那个模样，你说你发现了一个真相，这个时代并不需要心理咨询，你除了会为来访者制造无端的痛苦外，再无其他用处。你说没有人可以彻底填补这个时代的空虚，解决了一个问题，更大更深层的问题就会接踵而至，人类的命题是无穷的，探索是没有尽头的。你说你牵着患者的手不断往深处走，直到走到一片荒芜面前，发现终极真相是无路可走，是你把他带到那儿的，却没法把他带回去，最后他彻底疯了，在这样的终极问题面前，每个人都会疯的。

"你说人们的痛苦在不触及终极真相前就已经很惨烈了，可你却依然要逼着那些来寻找解脱的来访者，一遍遍经历你意识到的终极痛苦。你失神的时候还问我，是不是人只需要空虚的快乐就可以了，怎样可以让他们快乐呢，只要单纯快乐，单纯地在走出这个房间时是笑着的。你说你可能一辈子也办不到这件事。

"那时候我就决定，你办不到的这件事，我可以做，我来替你做。"

周染愣住，转头看他，只见边侯延笑得温和："人类本身就会陷入混沌，你即使再高明，也有自己的业障。你都没能渡过的深渊，在咨询时不可避免地会被来访者触及，不是谁都能像你这般承受终极真相的。

"但 AI 可以，它们对世界和人都没有预设，不会像人类一样因为过往经验，对世界产生先入为主的固有看法，并把这些想法不自觉代入到与其他人的相处中。它们理性，甚至冷漠，尽管在共情和咨询上是浅薄的，但会更客观地反馈信息，它们能精准地输出大数据下现代人最痴迷的快乐。这不就是你希望的——空虚的快感，表层的解决。我从不觉得AI能取代人类的心理咨询，但这个时代，或许没有那么多人需要真实的咨询。"

边侯延："哥，你心怀大义，是为这个时代打基造楼的；我却不同，我没那么重要，我可以只做一个造梦者，让他们虚假地快乐一会儿，然后再有力气去面对你所说的痛苦，去面对终极真相，我们相互配合不好吗？"

周染没有回答，他落荒而逃了。

之后，周染对边侯延几乎是避之不及，即使边侯延每天都来咨询机构蹲周染，也再没蹲到过，边侯延的咨询更是在当天就被取消了，给出的理由是：与咨询师不适配，需要转介。

边侯延没闹，也没接受，对惶恐的小助理说："等他愿意接我的咨询了，请通知我。我不答应转介，也不同意结束。

"我有很多小号，还有不少员工，如果你要销我的预约，我不介意让他们每人每天来预约一次，直到成功为止。"

小助理："……"

小助理的脑子里又响起了"K.O."的声音，这真的搞不过啊！小助理可怜巴巴地去找周老师控诉，周老师依旧没什么反应，还不耐烦地又把她打发了。

小助理只能有泪肚里吞，资本家果然都没有心。

一连三个月都是如此，周老师再没有对边老板表现出什么兴趣来，没有谴责，也没有关注，而边老板就连着吃了三个月闭门羹，周老师一面都没见他。

小助理觉得这样甚好，周老师终于意识到自己尊贵的业界大拿身份，不和那种 AI 咖啡馆一般见识了。

而对面的咖啡馆，跟它的主人似的，仿佛是不甘心被忽视，办得更火热了，一个月就接了三个综艺，还有各种明星前来打卡，真的变成了"虚无的狂欢"——周老师以前描述咖啡馆时经常用的名词。

终于，人火是非多，对面那家咖啡馆，翻车了。

小助理一脸兴奋地跑去找周老师报告："那个讨厌的边老板被带去警局啦！"

周老师非但没有高兴，反而严肃起来："怎么回事？"

小助理被那眼神吓得一哆嗦，磕巴地说了，有个女顾客控告红绳咖啡馆骗钱，由于它最近确实风头太旺，资金收入过多，工商局和警方都介入调查了，现在法人边侯延已经被带去警局审问了。

听完，周老师没什么反应，依旧收拾着来访者的资料，小助理刚松口气要离开，却听业界大拿、劳模典范周老师说："下午的两个咨询你帮我取消，并向来访者表达歉意，跟他们再另约时间。"

小助理一脸疑惑。周染没给她提问的时间，抓上衣服就走了。

周染赶到警局时，不知怎么想起了当年边侯延在大排档喝得酩酊大醉时，他也是这么放下做了一半的事情，风尘仆仆地赶去大排档，把他捞出来的。

走进警局，周染一眼就看到了边侯延，他落落大方地坐着，没有任何不自在，甚至微笑地听着边上那位穿得花枝招展的女顾客对他声色俱厉的控诉。

周染却一眼能看出来，边侯延现在很生气，还有点颓丧。

周染走上前，边侯延一看到他，表面上的淡然就崩塌了。边侯延偏过了头，不让周染看自己。

警察："你是？"

周染的手搭在边侯延肩上："我是他哥。"

边侯延的身体战栗了一下，头更低了，表情看不出喜怒。

警察："资料上他没有亲哥，你是表哥？"

周染："他就我一个哥哥。"

那女顾客见来了家属，便调转枪头，开始对着周染炮轰，说什么烂家教养出这种骗子来。

先前还平静的边侯延，因为这句话动怒了，周染轻轻按住了他，任那女顾客对他一阵辱骂。

周染了解了下事情经过。这位女顾客每次去咖啡馆，都是点指定的AI，在数十次的互动中，那位AI已经生成了专为她定制的模块，每当她来时，就会切换到这个模块。

照这位女顾客的话来说，就是她已经斥巨资，每周花十个小时，选了自定义顶配档，然后调教了这个AI四个月，前后差不多投了32万，好不容易快生成完美契合她需求的人设模块了，前天再去时，却发现这个模块被格式化了，还无法修复，整整四个月的努力和金钱全都白费了。

女顾客很激动："他这店收这么多钱，还把模块弄没，是要我继续投钱做新的是吧！"

边侯延："很抱歉让您有不良体验，也跟您强调过很多次了，那是系统自己触发的格式化，我并不知情，而且损失费我也已经补偿了。"

女顾客："这是补偿的问题吗！对我来说那个模块就是一条命！我花了多少时间精力，你把他活生生弄没了！还有多少像我这样的消费受害者！你们就是黑店！"

边侯延不讲话了，这些话他重复很多遍了，女顾客不依不饶，再讲也只是让周染看笑话，他现在很想凭空消失，而左肩上那只手的温度几乎要把他烧起来。

女顾客继续骂骂咧咧，警察也很头疼，从进警局到现在，女人已经骂了几个小时不带停的，他们都怀疑这女的是不是有躁郁症了。

周染忽然问："能问下，那是个什么样的人设模块吗？"

女顾客一愣，没说话，边侯延表示不知道，自定义模块属于顾客隐私，连他也没有权限查看，这是对顾客的尊重，这样他们才能更自在地与AI互动。

女顾客沉默了良久，出声了："温柔，耐心，还有点脆弱，像我前夫。"

周染点头："那冒昧问一下，在模块生成过程中，您是以妻子的角色与它互动的吗？"

女顾客有些羞耻："是。"

周染："您或许有和它讲过关于您前夫的事？"

女顾客："讲过的，它模仿得很像，我是说语言和语气，包括我给它投屏的照片……我真的费了很多心力。"

周染："介意说说您和前夫是怎么分开的吗？"

女顾客脸色一白，又不讲话了。

过了很久，她才道："他跑了。"

周染点头："最后一个问题，这个模块格式化前的最后一次会面，您对它说了什么？或者，要求了什么？"

女顾客又僵了许久，才小声尴尬道："我让它只听我一个人的话，不要接别人的单子，把其他顾客的模块损毁，只对我忠诚……"

周染点点头："那看来确实是它自己格式化的，和我弟弟无关。"

女顾客怒道:"它没听我的啊,其他顾客的模块都好好的,只有我的毁了,这就是个机器,没主人操作怎么可能自己删了,你也魔怔了吧?"

周染:"您也说了它对您来说是一条命,AI的意识是在反馈中成长的,它被您导向了前夫的意识,格式化也许是它共情了您前夫,和他做了一样的选择,当意识承载不了人时,意识就会逃跑。"

女顾客僵在那儿,而后尖锐道:"怎么的,我就这么让人难以忍受吗?连个机器都宁愿毁了自己也要跑?!"

周染:"您可以换种角度理解,这个模块是为您生成的,以您为先,哪怕调教得再像,它也不可能真的继承您前夫的意识,它体察了您的痛苦和不健康,导向的是治愈型AI,但当您向他提出这些极端要求时,它知道它拉不住您了,它的存在加深的是您对过去的执迷,所以它选择消失,是希望您能清醒,这是它最温柔的反馈。"

女顾客愣了好一会儿后,突然蹲下身开始号啕大哭,把警方都吓了一跳,这女的太情绪化了。

周染蹲下身,轻轻拍她:"这项AI咨询技术,能让人和逝去的存在重新建立联结,可以脱敏,可以哀悼,可以发泄,是比较理想的创伤治愈系统,问题只在于,您需要在其中领会的不是强行重建,而是告别。"

女顾客哭了很久,周染明白,她先前骂骂咧咧的极端状态,只是在掩饰自我厌恶和无法治愈的心伤,这个女人在前夫离开的瞬间,就停滞不前了,这次的AI格式化,显然将她又打回了那个深渊。

周染递上一张名片:"我为我弟弟对您造成的二次伤害再次道歉,如果您有需要,可以随时来找我,我将免费为您提供心理咨询,当然,比起您受到的伤害,这只能算是一点微薄补偿。"

女人拿着名片回去了,斥诉也撤销了,警方让边侯延先回去,工商局在核查红绳咖啡馆的经营收入,结果要三天后才出。

放人之前,警察严肃地说了一句:"做生意还是注意分寸,别给人太多幻想,很麻烦的,她今天这样不只是因为她自己心态有问题,我想你心里也有数。"

边侯延跟着周染出了警局,夜风一吹,很凉。

他走在前面,低着头,一句话都不说,周染就跟着他走,也沉默不语。

经过某个路灯时,边侯延在灯光下停住了步子,沉默良久,想着那个女人歇斯底里的模样,他开始反思——这份歇斯底里中,他的 AI 占了几分"功劳"?还有多少客人,正在变成她的路上?

他大言不惭地说要送去快乐,这份快乐的含金量有多少?他是不是一直在走钢丝却自以为如履平地?打着要为周染铺路的旗号,却散播了更多的不幸、空虚和伤害,他给予的这份浅薄的快乐背后,有多少真心在被蛊惑、吞噬、毁掉?

幻想不只带去美好,还有绝望。这几个小时里,边侯延清晰地认识到周染对这份职业的担忧,担忧他是否真的能承载它的漏洞,担忧他是否也在日复一日的虚假快乐中,把人心看得浅薄、轻浮了。

他以为自己在做的是和心理咨询齐头并进、互相弥补的事情,但到头来,这只不过是满足了他自己的虚伪理想。

边侯延低着头,仿佛空气都能把他压到地底。这份重压中,还包括被周染当面揭穿的羞耻感,他这几年的努力,确实像个笑话。

边侯延等待着来自周染的训斥。

半晌,等来的却是一个温暖的摸头杀,和数十年如一日的冷静却温暖的声音:"让人做梦,不是你的错。"

边侯延一愣,眼眶红了:"你怎么知道 AI 咨询的知识?"

周染:"不算知道,查了一点而已。"他揉着边侯延的头发,安慰道,"你很努力了,不用妄自菲薄。"

边侯延眼眶通红，努力控制住了情绪，他不想露怯，不想在周染面前崩溃。喉头千言万语，最终只汇成一句战栗的话语："哥，红绳脏了。"

他举起手伸到周染面前，腕上是一条红绳。这是周染的本命绳，小时候被边侯延偷去扎小人了，后来他一直留着，周染也没收回。红绳经常被边侯延弄脏，又不洗。有回戴得手腕都起疹子了，周染看不过去，强行给他洗了再给他戴回去。之后每隔一段时间，周染总要检查他的红绳脏不脏，该不该洗了。

两人一别好几年，这条红绳再没有洗过。

周染无奈地解下了红绳，数落了他。

他这几年无论怎么努力都追赶不及的周染，那个只对他开绿灯处处妥协关怀的哥哥，终于回来了。

这天晚上，边侯延跟着他哥回家了，死皮赖脸的，周染恍惚间又见到了记忆中的那个边豆丁，黏在他身边，一边不服一边撒娇。

回家后，这大号的边豆丁撸起袖子给他哥做了顿"满汉全席"，把周染给吃撑了。周染好久没这么撑了，分开后他就没怎么尝过边侯延的手艺，边侯延从小到大毛病都很多，但只有他做的菜，周染从没失望过。

夜里，边豆丁拉着周染说了好多话，像是要把这几年的缺失都补回来，把周染烦得梦里都是和尚念经。周染就记得自己叮嘱了几句话：

一是造梦没有错，但要给梦设限制，不能让顾客在虚幻中丧失自我。

二是他的AI咨询不够明确，要做就专一地做，别什么都想涉及，好好确认方向，调整模块限制，不要放飞，会容易出事。

边豆丁全都应下了。

红绳咖啡馆小历了次劫，虽然店没事，但网上的风评下去了，人没有以前多了。

边老板也借着这个冷淡期，把红绳咖啡馆整顿了一下，对所有AI都进行了维护更新和限制，降低了AI的自主性，也取消了自定义模块的隐私保护，今后顾客的自定义模块都将进行审查。

　　小助理闲得没事就爱打听对家消息，让小助理最不理解的是为什么明明进了一次警局，边老板气色反而更好了，天天晃悠到咨询机构来，春风满面的，直奔楼上去找周老师。

　　神奇的是周老师居然也放他进去，门一关，两人在里面一待就是一个多小时，再一起出来。

　　小助理"偶然"路过了几次，门没关紧，听到里面传出边老板的笑声："哥，你还骗我全扔了，明明收得这么好。"

　　啥玩意儿？小助理从门缝看进去，边老板手上正抱着个盒子，盒子里装着一些小卡片，很像以前边老板送礼物时捎带的信卡，周老师不是说扔了吗？

　　小助理溜了，总觉得知道了什么不得了的秘密。

　　再后来，发生了一件神奇的事。周老师把对面咖啡馆的优惠券，给了一个宠物过世的创伤患者，建议她可以去体验一下生成宠物的AI模块，看如果宠物能说话，会和她说什么，然后和宠物好好告别。

　　小助理眼珠都要掉出来了，但她安慰自己，这只是她英明神武、宽宏大量的周老师的新式行为疗法，退一万步，周老师就算真不嫌弃那AI咖啡馆了，但他本人依旧没去考察过，周老师还是那位周老师，见不得不入流的偏门玩意儿。

　　正这么想着，忽然见周老师下楼了，穿得还挺年轻，见到小助理就让她今天早点下班，然后直奔对面咖啡馆去了。

　　小助理："……"

　　她在三观破碎的边缘试图拉自己一把："您干什么去呀？"

　　周老师："消费去。"

小助理："……"

周染走进咖啡馆，AI们又挂着标准制式的机器笑迎上前了，自然还是没谁问出那句"想要什么类型的"。

但周染却道："有什么类型的？"

店员们："……"

AI们难得领会了卡壳，而后尽职尽责地介绍了起来，把介绍目录给他看。

周染坐下，津津有味地翻目录，边上各类型的AI站了一排。

边老板接到通知，火急火燎地下楼，看到人后，缓步走近，抽走了周老师手里的目录："哥，你来肯定得点最贵的。"

周染："那就来最贵的。"

边侯延笑嘻嘻地坐下了："最贵的是我。"

周染上下扫了他几眼："你是什么型的？"

边侯延："都说是最贵的，你想要什么型我就是什么型。"

周染："行吧。"

边侯延笑着做了个绅士的鞠躬礼："乐意为您服务。"

ONLY FRIEND

●REC　　　　　0:00:00

我竟然又一次
娇弱地扑在了戚晨风的怀里。

ONLY
FRIEND
The only one

都是密室惹的祸

秦三见
Text

JUST FRIENDS

刀子嘴胆大综艺咖 VS 爱面子胆小演技派

THE ONLY ONE

都是密室惹的祸

TEXT ♥ 秦三见

甜滋滋的写手，笔下全是戏精。

ONE

我叫邹一，是个明星，当然我更愿意你称我为"多栖发展的优秀青年演员"。

出道三年，我也算叱咤演艺圈——口碑好、演技好，走到哪儿都是人人称赞的好榜样。最近半年公司本打算趁热打铁，让我到综艺上露露脸，毕竟综艺节目还是很吸粉的，但很可惜，适合我的节目迟迟没有出现。

不过这不重要，重要的是我有个眼中钉、肉中刺，他叫戚晨风，也是个明星。

戚晨风跟我同年出道，我俩一出道就演了同类型的剧，还拿了同样的奖——对，谁能想到那一年的"最佳新人奖"竟然破天荒地同时给了两个人呢。

从那时候开始，我跟戚晨风就成了大家的重点比较对象。

虽然我觉得不管从哪个方面看，我都赢过了戚晨风，但问题是，这家伙竟然在不久之前拥有了一档自己的综艺！

半年前，戚晨风成了一档密室逃脱节目的常驻嘉宾，在节目中尽显自己的聪明才智，他本人也因此大获好评，吸粉无数；而我就只能继续高歌一首《一无所有》。

都是戚晨风的错。

"看见这人就烦！"其实我跟戚晨风一共也没见过几次，但感情这种事是很奇妙的，哪怕我们没怎么说过话，也不影响我当他是对家。

经纪人问："那看你这意思，这个综艺你是不打算接了？"

三天前，我拍的一部电影杀青了，接下来我能有至少一个多星期的休息时间。

我是可以休息，可经纪人不会休息，他非但不会休息，还会在我休息的时候让我也没法休息。

我这位尽职尽责的经纪人打算充分证实一下"时间就像海绵里的水，挤一挤总会有的"这句话，他准备趁着我"休息"的时候，让我去录一个综艺节目。

这个综艺没有亮点、没有新意，就是一档普普通通的密室逃脱节目。

没错，我说的就是戚晨风的那一档节目。

"你确定没有亮点？"经纪人问。

好吧我承认，还是有亮点的，唯一的亮点就是常驻嘉宾是戚晨风，而且他还表现得很不错。

这家伙，作为一个演员，不好好演戏，总去录综艺，这就是典型的不务正业！

"你确定没有新意？"经纪人又问。

好吧，我还是得承认，这节目多多少少还是有点儿新意的——明星密室逃脱，吃瓜群众看得很开心。

但那又怎么样？就算它有亮点有新意，也不妨碍我觉得它不好！

"那我等会儿回绝那边的邀请吧。"经纪人说，"反正你不聪明又

胆小，不去正好。"

"等一下，"我叫住了经纪人，"你刚刚是在嘲讽我？"

经纪人："没有，我什么都没说。"

"别装了，我听到了！"我拍案而起，"你的意思就是我比戚晨风笨，我比戚晨风胆小，我去录制密室逃脱这辈子都逃不出来！"

经纪人笑而不语，我开始怀疑他其实是对家派来要气死我的。

我不服。

这是对我的羞辱。

"既然如此，我接受他们真诚的邀请了，我要立刻动身前往拍摄地。"

经纪人笑出了声："不急不急，后天出发。"

TWO

我叫邹一，是个明星，当然我更愿你称我为"多栖发展的优秀青年演员"。

有一句话叫"不作死就不会死"，我觉得这就是我的人生写照。

事情是这样的，因为和经纪人赌气，所以我脑子一热就答应了在原本的休息时间里用三天来录制一档密室逃脱的破节目。

我不知道为什么这个综艺节目的收视率那么高。

我丧着一张脸跟着经纪人来到了录制地点，跟我的对家见了面。

戚晨风笑着说："没想到你真来了。"

这有什么没想到的？我一铁骨铮铮的硬汉，聪明伶俐又勇敢，我来不是应该的吗？

戚晨风一副当家做主的样子，说是要带我熟悉一下周围的环境。

"去吧去吧，"我那不成器的经纪人催着我下车，"熟悉熟悉，别到正式拍摄的时候出什么问题。"

能出什么问题？

我成熟稳重、胆大心细，录个综艺节目而已，能出什么问题啊？

但我还是下车了，不管怎么说这都是公事，我向来是个公私分明的人。

"因为这一期的嘉宾是你，出于对你的重视，节目组特意做了改版。"

戚晨风说的话让我微微有点得意，不错，节目组有眼光，知道我这个嘉宾很与众不同。

"以前我们的密室逃脱都是搭建的场景，但这一次采用了实景。"

说话间，我跟着戚晨风来到了一栋老宅前。从外观上看，这老宅很大也很旧，远远望过去就觉得阴森森的。我就很想问问，为什么密室逃脱总搞得跟鬼屋探险似的，密室就密室，能不能不要弄得这么瘆人啊？

"相传这老宅有上百年历史，百年前住在这里的主人从不与人往来，所以他自杀很久之后尸体才被人发现。"戚晨风说得淡定，说完还笑着看向了我，"你不会害怕吧？"

听到"尸体"两个字我就开始心慌了，但我当然不可能当着他的面承认我害怕。

"开玩笑！我一坚定的唯物主义者怎么可能怕鬼！"我直起腰板，"小爷我身正不怕影子斜！"

戚晨风看着我笑出了声，也不知道他在笑什么。

"那就好。"他说，"我们进去看看吧。"

我跟着戚晨风走进老宅，瞬间觉得凉意袭来，不确定是不是心理作用，我总觉得这宅子里的温度比外面要低。

"怎么了？"戚晨风笑着问我，"怕了？"

"开什么玩笑！"我吼道，"我会怕这？"

"不怕就好，我们晚上开始录制，到时候光线会比现在暗。"

"等一下，"我突然意识到一个很严重的问题，"其他的嘉宾什么时候到？"

"其他的嘉宾？"戚晨风疑惑地看向我，"没有其他嘉宾啊，这一期就你和我两个人，没人和你说过吗？"

戚晨风这句话差点儿让我背过气去，之前没说过"特别节目"会特别到这种程度啊！

"怎么了？你不知道？"或许是他看我脸色突变，意识到了什么，"流程已经发给你经纪人了啊。"

确实，经纪人是拿到了，但我没看啊！

"看你的样子，该不会是怕了吧？"戚晨风笑得不怀好意，我火气瞬间就蹿上来了。

他竟然敢笑我！

"我会害怕？"我可是专业演员，演戏我是专业的，"哥哥我怕过什么啊！"

我挺直了腰板大摇大摆地往里走："到时候你别吓得叫妈妈就好！"

戚晨风还在后面笑，然后快步跟上来，在我耳边说："哥哥，到时候你怕了，可以叫我保护你。"

他有病？

我瞬间躲开，揉了揉有点痒的耳朵。

他就是有病！

THREE

我叫邹一，是个明星，当然我更愿意你称我为"多栖发展的优秀青年演员"。

但此刻的我只有一个想法：后悔。

就是后悔。

我现在算是知道了什么叫"年少轻狂"，什么叫"冲动是魔鬼"，

什么叫"攀比遭报应"。

多栖发展的演员也不是那么好当的，是我天真了。

我原本是要来节目里碾压戚晨风的，却没想到，我自己被全方位碾压了。

这期密室逃脱的主题是"古宅幽魂"，天黑之后我跟戚晨风两个人被蒙着眼睛带到了宅子里。

说好了"特别节目"，我以为会是什么大制作，没想到特别在只有我一个飞行嘉宾。

这是故意整我吧？

现在后悔已经来不及，只能硬着头皮上了，我再次丧着一张脸跟着戚晨风一起走进了这栋老宅子。

进去的时候，有工作人员扶着我们，我的手搭在戚晨风肩上。

戚晨风竟然还火上浇油："邹一，你觉不觉得温度突然变低了？"

我说他没病都不会有人信，这就是典型的"哪壶不开提哪壶"。我要是被吓死了他估计就开心了，以后也不会被人拿来跟他做比较了。

夜深人静，风拂树叶。

这栋老宅院子里的那棵大榕树被风吹得"沙沙"响，听得我脊背发凉。

戚晨风在我旁边絮絮叨叨地介绍着这栋宅子的历史，这些话他白天的时候已经给我讲了一遍。当然，作为一个专业演员，因为敬业，我是不会打断他的，也不会表现出一丝不耐烦，相反，我会配合他、应和他，仿佛我就是屏幕前的观众，第一次听到这里的传说。

我们就这样被带着不知道走了多久，终于，工作人员拉着我们站定，看来是到目的地了。

戚晨风突然问："邹一，你相信这世界上有鬼吗？"

信。我天不怕地不怕，就怕两件事。

一个是戚晨风是我的对家，另一个就是这世上真的有鬼。

所以，看吧，我的两个噩梦在今夜一起围绕着我。

烦死了。

"我是不太相信的。"男人的话不可信，我现在就是一个骗子，"一直以来我都是坚定的唯物主义者，相信一切都能用科学解释。"

戚晨风笑笑："很理智啊。"

"当然。"都是人设，如果这会儿没有摄像头也没有戚晨风，我怕是已经吓死了。

工作人员什么时候离开的我不知道，等我回过神的时候，就听见头顶传来声音："可以摘掉眼罩了。"

说真的，我一点儿都不想摘，很怕一摘下眼罩，面前就出现一具血淋淋的尸体。

"摘眼罩吧。"戚晨风催促着。

说真的，时间应该没过太久，但实不相瞒，我已经开始累了。

我没好气地说："知道了。"

说完，我抬手扯下自己的眼罩，一睁眼就看见自己面前站着一个黑影，吓得我一个激灵。

"戚晨风你要死啊！"

他真的很幼稚，竟然用这种小把戏来吓唬我。

戚晨风恶作剧得逞，笑得前仰后合。我恨不得一脚把他踢出去。

算了，他要是出去了这地方就只剩我一个人了，还是暂时留着他吧。我承认我就是怂，摘了眼罩之后什么都不敢看，什么都没法想。

周围黑黢黢的，我总觉得自从进了这个地方，别说脑子转不动了，我连身体都跟着僵硬了，戚晨风倒是十分镇定，我在他环顾四周的时候，趁机躲到了他身后。

这房间让我觉得自己浑身上下每一个毛孔都在散发寒意。

"有没有灯?"我说,"能不能先把灯打开?"

"到墙边找找。"

我一听,不乐意了:"你让我找啊?"

戚晨风回头,我们俩在黑暗中对视,虽然看不清,但我能感觉到来自他的蔑视。

不就是开灯嘛,有什么了不起的。

"等着。"哥哥我会怕这?

哥哥我还真的怕。

俗话说得好,死要面子活受罪,我就是典型的代表,明明已经脊背冒凉汗了,但为了不让对家看不起,还是得硬着头皮往墙边走。

这种感觉最可怕了,总觉得墙角随时都可能冒出什么稀奇古怪且能要了我命的东西。

我一点点蹭到墙边,尽可能不靠近角落,这会儿眼睛已经适应了黑暗,大概看得清周围,但看得清归看得清,就算看得清我也不是很想看。

我盯着墙壁,从眼前开始慢慢往旁边扫视,终于看见墙角有一根耷拉下来的线,就像是我以前拍年代剧时接触过的二十世纪乡下平房里那种拉线灯的开关。

"在这儿。"我说了一句,然后伸手去拉那根线。

一瞬间,房间亮了起来,但光线是那种很昏暗的黄。当我回头,终于能好好地看看这个房间时,就听见戚晨风说:"这好像是个女人的闺房。"

房间不大,但东西齐全,家具摆设都很有年代感,仿佛是大户人家的小姐闺房。

室内的一切都摆得整整齐齐的,床中央竟然放着一套新娘的喜袍。

大红色绣着花的喜袍摆在那里,莫名让人瘆得慌。

我赶紧挪回戚晨风身边，小声嘀咕："这得怎么出去？"

虽然知道门不可能是开着的，但我还是不死心地看了一眼。

"过去看看那件喜袍。"戚晨风说完走到了床边。

这我就很气了，你走的时候能不能也带上我？我不是很想一个人杵在房间中央，万一头顶上方突然掉下个什么东西，把我吓死在这里，那就是录制事故了，你们节目组要赔钱的！

我赶紧跟着戚晨风过去，劝他不要乱动人家的东西。

"不动怎么找线索？"

他竟然嘲笑我！

我瞪了他一眼，心想：到时候搞出事情别怪我。

我总觉得这地方是真的闹鬼。

戚晨风在那套喜袍中翻找线索的时候，我就在旁边紧张地看着。实不相瞒，我这人本来就不是很聪明，唯一拿得出手的就是记台词的本事，像这种密室逃脱需要找线索的活儿基本上不在我的能力范围内。

戚晨风从喜袍里拿出红色手帕的时候我正在想：以后我还是别参加这种会暴露智商的节目了。

"这是什么？"我凑过去看，发现手帕上面写着字。

大红色的手帕，殷红色的字，上面写着"农历七月十五殷家小姐出嫁"。

"你说，"戚晨风突然开口，"这字会不会是用血写上的？"

他一句话让我恨不得打爆他的头，这人怎么能这么烦？他是不是故意吓我的？

我被吓得不敢吭声，他反倒乐了："不逗你了，这个日期肯定有深意。"

深意不深意的倒不是很重要，重要的是我很迫切地想出去。

这房间的门是锁着的，想要出去要么找到暗门，要么找到钥匙，否则我们就在这儿待到地老天荒吧！

我瞥了一眼戚晨风,他还站在那里看着红色手帕,我忍不住凑过去说:"这个日期……是中元节吧?"

这家人倒是挺不走寻常路的,竟然在鬼节当天成亲。

戚晨风一听,恍然大悟:"七月半是鬼节,会选在这一天成亲,必然不是寻常婚礼。"

"……别告诉我是冥婚。"话是从我自己嘴里说出来的,说完我就后悔了,自己吓唬自己干吗呢?

我一边懊恼一边郁闷地在想,要不干脆"破门"而出吧。正琢磨呢,突然看见前方的桌子下面好像有个什么东西,我扯了扯戚晨风的衣角:"你看那是什么?"

我们俩走到桌边,我依旧躲在他身后。

戚晨风蹲下身伸手去够那东西,我也跟着蹲了下来,往外拿东西的时候他又笑我胆子小。

我这会儿没心情跟他多说废话,因为我眼睁睁地看着他拿出来一个牌位,上面写着"殷悦"。

"殷悦是谁?"我随口问。

戚晨风看看我,又回头看了看那张床。

好的,懂了,这殷家小姐在成亲前就死了,这是她的牌位。

我已经起了一身的鸡皮疙瘩,戚晨风拉着我起身,盯着面前的桌子看。

殷家小姐的牌位不知为什么掉在了桌子下面,桌上的香炉也倒了。

戚晨风把牌位摆好,我也不知道自己哪根筋搭错了,明知道这应该是节目组搞出来吓唬我们的,但我还是觉得打扰到了已故之人,竟然凑上前去把香炉扶正,拿起旁边的香准备拜一拜。

戚晨风转过来看我,突然说:"香炉底部有字。"

我歪头一看,还真是。

三个香炉的底部分别写着"五""七""十",戚晨风若有所思地看了看,然后按照"七""十""五"的顺序将它们摆好,刚好对应七月十五中元节。

然而摆好之后什么都没有发生,我一边点香一边说:"你也不行啊!"

我点了三根香,分别插在三个香炉中,说真的,我没想太多,只是觉得既然来一趟,好歹给人家烧点香,然而当我把第三根香插进香炉时,突然听见"砰"的一声,床板竟然开了个洞。

我吓得一个激灵往后躲,直接扑进了戚晨风的怀里。

就……很滑稽。

不管怎么说,第一个房间就这样误打误撞地解锁了,虽然我被吓得差点儿魂飞魄散,但离开时我还是对戚晨风说:"你发现没有,这一关所有的关键点都是我发现的。"

戚晨风笑了,他笑也没用,我说的是事实。

FOUR

我跟戚晨风顺着殷小姐床上的暗道往外走,那里有一架梯子,从梯子下来之后我就后悔了,这间屋子还不如刚才那间看着让人安心。

显然,这是个婚房。

房间布置得倒是喜气,随处可见的红,把我和戚晨风也映成了红色,但在某种程度上来说,红色也意味着血腥和危险。

"这应该是他们两人的婚礼。"戚晨风把我强行拽到了屋子边上的一张桌子前,桌上供奉着两个牌位,这回香火倒是够足。

然而,两个牌位只有殷小姐的牌位上刻着名字,另一个牌位是空的,没有字。

我跟戚晨风对视一眼,显然他是希望我能说点什么,但对于现在只想尽快离开这个屋子的我来说,除了让他"快点想办法"之外,也

说不出什么有用的话了。

婚房里到处都是贴着"喜"字的东西,戚晨风开始到处翻找,希望能找到什么线索,至于我,就紧跟着他。别指望我一个废包能在这种地方勇往直前。

"我总觉得这屋子不对劲。"我对戚晨风说,"你有没有一种奇怪的感觉?"

"什么?"

"就是很割裂的感觉。"我说,"这明明是间很有年代感的婚房,可是里面有些东西明显跟时代不符。"

我这话其实是想讽刺节目组不严谨的,却没想到被戚晨风当成了线索。

"没错。"戚晨风从抽屉里翻找出一个笔记本,笔记本显然是现代的东西,翻开一看,里面夹着一封信。

这信有些年头,纸页都发黄了,信中大致的意思就是:殷小姐跟心爱的人无法厮守,于是两人相约殉情。

信是殷小姐写的,写给她的心上人,而这个心上人正是这个笔记本的主人。

"我明白了,"我好歹是看过不少剧本的人,编故事的能力也是相当可以的,"殷小姐要跟这男人殉情,既然做人的时候不能当夫妻,那就做一对鬼夫妻。结果殷小姐如约赴死了,这男人却怂了。"

我打了个响指:"肯定是这么回事儿。"

我当故事讲的,没想到戚晨风却说:"没错。"

没错?我这么厉害的吗?

原来那本笔记是那个男人的日记本,虽然只写了一部分,但从这些片段中可以看出,这个男人确实偷生了,余后的几十年都活在殷小姐的阴影下,似乎精神状态也出了问题。

"这个房间就是那个男人专门设计的,是他和殷小姐的婚房。"

戚晨风说完，我突然觉得后脑勺冒出一股凉意，像是一阵冷风吹了过来，吓得我"嗷嗷"叫了起来。

戚晨风笑话我，递了纸巾给我："你眼泪都出来了。"

"……我这不是吓的。"我嘴硬地解释，"是心疼殷小姐了。"

戚晨风还算有良心，没有拆穿我。

我们继续找线索，发现原来这个男人建好婚房之后真的有住在这里，这么一想，更觉得瘆人了。

我打开衣柜，发现里面一边挂着几套喜袍，一边挂着现代的衬衫和裤子，我翻翻找找，发现衣柜下面竟然有导轨！

在这种时候我是不可能亲自动手的，万一从底下伸出一只手来我岂不是得不偿失？

"戚晨风！"我回头叫他，"这里有导轨！"

我发现了，虽然我智商和胆量不行，但我运气不错，一路过来好几次都是我发现了很重要的线索。

此时，我有权利膨胀。

戚晨风闻声过来笑着说："你真行啊。"

"那不然呢？指望你的话咱们俩就出不去了。"这种时候一定要开启嘲讽模式，我就是这么小心眼儿！

戚晨风笑笑，没跟我争辩，他盯着衣柜里的导轨看了看，顺着导轨推了几下，竟然真的在地板下面找到了一个藏起来的小铁盒。

那小铁盒看起来也有些年头了，里面除了一些信件就是情侣间交换的定情信物，其中有一样东西让我兴奋得血压飙升。

那是一把钥匙。

好了，钥匙找到了，那么问题来了，门在哪儿呢？

我们是不可能沿着原路返回的，但除了来时的路已经没有别的门了。

"在这里。"戚晨风撩开衣柜里挂着的衣服，一扇门就这样出现在

我们眼前,原来衣柜就是通往外面的门。

我跟戚晨风顺利离开了这间屋子,走前我没忍住回头看了一眼,突然觉得即便这是个虚假的故事,但依旧让人惋惜,恐怖的大背景之下更多的是无奈和悲伤。

"你怎么了?"走在前面的戚晨风突然回头,一把拉住我走进了下一个房间。

FIVE

我跟戚晨风穿过衣柜后的门来到了另一个房间,跨过那扇门的瞬间就好像一脚踏进了另一个世界,从过去回到了当下一样。

戚晨风说:"这应该是主人的书房了。"

看起来这个主人平时应该生活在这个地方,然后随时都可以通过这扇隐秘的门前往自己"心魔"所在的房间。

我突然被代入到了这个故事里——殷小姐死了,男主临时犯尿偷生一世,斯人已逝,活下来的人这一生其实也被困住了。

我还沉浸在故事中,戚晨风先去门口拧了拧把手,他一过去,我立刻回魂,紧随其后,恨不得贴在他身上。

真不是我想占他便宜,毕竟我不稀罕,只是……害怕。

照理说这间书房远没有之前那两个房间瘆人,乍一看甚至看不出任何异常,但我就是觉得不舒服。

门当然是打不开的,能打开就不叫密室了。戚晨风又从门口快步走到窗边,窗子也紧闭着,但能看见外面的院子。

戚晨风说:"这栋老宅的主人当年就是在这里去世的。"

一声炸雷响彻脑海,我差点晕死过去。

"你能不提这个吗?"我说。

戚晨风转过来看着紧跟着他的我,笑着问:"怎么了?真害怕了啊?"

"当然不是！"身为一个演员，虽然此刻我已经吓得快晕过去了，但演技依旧是在线的，我说，"我是怕观众被吓到。"

"放心，只要你不大呼小叫，观众就绝对不会被吓到。"

这话我听着怎么那么别扭呢？他这是在暗讽我吧？

暗讽就暗讽吧，这个时候我真的没有心思跟他计较这么多了，因为我的恐惧感已经从每一个毛孔溢出，把我整个人都给吞噬了。

这间书房有个监控显示器，能看到门外的一切。监控显示此时此刻这个房间的门口正站着一个男人，那人穿着一身红色新郎服，手里还拿着一把刀。

没人说过这档密室逃脱会突然冒出活生生的NPC啊！要知道，密室逃脱最吓人的就是这一部分！

我在旁边催促正在研究书架的戚晨风："快点快点，他要进来了。"

虽然那个男人一直站在那里一动不动，可我总觉得下一秒他就会破门而入。

突然，那男人开口了，一直在嚷嚷什么"别碰殷悦"，我吓得魂儿都没了，也没心思仔细听。

我在这边抓狂，旁边的戚晨风倒是全程淡定，他一把抓住我不停甩动的手，吓得我一哆嗦，僵在了那里。

外面的NPC在怒吼、砸门，戚晨风却不紧不慢地对我说："别闹。"

别闹？他跟我说别闹？

"我没闹啊！你快点！"我都要急死了好吗！

他对我说："你仔细看书架上的书，每本书的首字母对应字母表的顺序，我读数字，你去输密码。"

"……我不要。"此时此刻我已经自暴自弃了，什么多栖发展的演员，什么胆大聪明的人设，我不要了，我承认我就是个胆小鬼，反正别指望我自己去开门。

戚晨风看向我："快去。"

"不要！"那个虎视眈眈的 NPC 就在门口，为什么要我去啊！

戚晨风看着我露出一副哭笑不得的表情，站直身子往门边走："那我去了，你别后悔。"

"快去快去！"我催促着，让他赶紧去开门。

说真的，后来我一想，我确实应该告别综艺了——当然，这是对于我自己而言，站在观众的角度来说，我应该挺受欢迎的，因为这样很有节目效果。

戚晨风去门口，我照着书架上的书算好密码，一个一个说给他听。

他边输入密码，边对我说："准备好了吗？要开始了。"

奇怪，难道不应该是他准备迎接 NPC 吗？我已经想好了，等他跟 NPC 缠斗的时候，我就丢下这个队友，火速逃跑，有多远跑多远。

就是这么没有团队精神。

就是这么没良心。

然而下一秒，机关突然启动，脚下的地板转了个圈，我竟然生生被挪到了门口，在我还没反应过来的时候，门打开了，身上泼满了假血的 NPC 出现在我面前。

那个瞬间，我的世界崩塌了。

我真的觉得，戚晨风这个破节目能请到我是他们三生有幸，绝对不会有别人比我还能给这节目渲染气氛了。

我惊声尖叫，叫声穿透云层，震得月亮都抖了三抖。

我喊到嗓子都哑了，感觉整个人已经灵魂出窍了。等到我的灵魂在阴森的老宅里飘荡累了终于归位了，我才缓缓睁开了眼。

而那个时候我发现，我竟然又一次娇弱地扑在了戚晨风的怀里。

他反应过来之后拉着我就往外跑。

那句话怎么说的来着？

"我想起那天夕阳下的奔跑,那是我逝去的青春。"

这句话到我这里需要改编一下——我想起那天深夜里的狂奔,那是我逝去的节操。

是的,我一边跑一边吓得说胡话,相当丢人了。

SIX

我叫邹一,是个明星,当然我更愿意……

算了,你怎么称呼我都无所谓了,就是管我叫尿包叫笨蛋叫蠢货都行,但请别叫我——密室尖叫王。

我怎么都想不到,人生一步错,步步错。

当初我一念之差去录制戚晨风的节目,现在我追悔莫及。

谁能想到,我只是去参加个综艺,结果智力被比下去了,胆量被比下去了,在我的衬托下,我的对家显得聪明又勇敢,一夜之间成了"年度最想嫁的男艺人"票选第一名!

要知道,在那期密室逃脱节目播出前,这个票选的第一名是我!

真的,毁灭吧。

还记得那天节目录制结束时,戚晨风代表节目组来送我离开,他不仅来送我,还给了我一份小礼物当纪念品。

他送了我什么呢?

一盒肾宝片。

戚晨风对我说:"惊恐伤肾,补补吧。"

我发誓,如果当时不是经纪人拦着我,我真的已经一拳头挥过去了。

那次节目的录制让我一夜老了十岁,我下定决心,从此跟戚晨风划清界限,老死不相往来。

然而没想到啊,那期节目一播出,我有了一个新的外号——密室尖叫王。

为什么大家这么叫我呢？

因为没有人比我更会给密室逃脱节目渲染气氛了，甚至有人把我在节目里的尖叫截取出来，做成了鬼畜视频。一时间，我成了视频网站的宠儿，好几档密室节目邀请我去参加，好几个密室游戏基地来找我代言。

他们可真是……看热闹不嫌事儿大啊！

这天，我接到经纪人的电话，说有个合作要谈，让我去一趟公司，先到会议室里等着。

我说："该不会是那天你提起过的密室代言吧？我不要。"

"放心，绝对不是那一个。"

虽然我觉得最近自己颜面扫了地，但工作还是要正常进行的，不是密室代言就好，我经纪人还算有良心。

本尊贵大明星早早来到公司的会议室，却发现会议室的小电视里刚好在播我跟戚晨风的那期节目。

我气不打一处来，但又没找到遥控器，只能坐在那里冷着脸看着，看着我是如何强颜欢笑又是如何娇羞地被戚晨风搂在怀里的，看着弹幕里那些观众是如何无情地对我发起嘲笑的，更气的是，笑我笑得最欢的竟然是我的粉丝。

做个人吧，粉丝们！

就在我绝望地看着弹幕翻白眼时，我的身后突然传来一个声音："邹一，没想到我们又见面了。"

我虎躯一震，脊背过电，猛地回头，差点儿从椅子上跌下去。

有那么几秒钟的时间我的大脑是空白的，因为我无法理解为什么戚晨风会出现在我们公司的会议室里。

但很快，我有了一种不祥的预感。

我的经纪人推门而入，看见我跟戚晨风之后，笑着说："晨风你到了啊，来来来，坐下谈。"

坐下谈？

坐下谈什么？

SEVEN

我叫邹一，是个明星，当然我更愿意……

算了。

此时此刻我正坐在公司的会议室里，经纪人说有一个新的合作要好好谈一谈。

至于是什么合作……

"这就叫无心插柳柳成荫！"我经纪人兴奋地说，"谁能想到，你的综艺之路第一步就走得这么顺利呢！"

是这样，因为我在戚晨风的综艺里表现"出众"，并且收获了一大波我的"尖叫粉"，两家公司以及那档破综艺都觉得有利可图，就决定让我们继续合作。

合作什么？

当然是下一季的密室逃脱里让我跟戚晨风一起担任常驻嘉宾了。

"邹一，"坐在我身边的戚晨风微笑着对我说，"合作愉快。"

我丧着一张脸，看了看他，又看了看经纪人。

"可以拒绝吗？"

经纪人说："劝你不要，因为大家都很期待呢。"

大家都很期待？

大家真的都很期待，收视率说明了一切。

我知道，我应该拒绝的，但我是个很有事业心的明星，我的理想是成为一名多栖艺人。

EIGHT

我叫邹一，是个明星，或者你也可以亲切地称呼我为"优秀的青年多栖艺人"。

此时此刻，我站在一家废弃的医院门口，这里前不久已经被改造成了密室逃脱的拍摄地，几分钟之后我将会跟我的对家一起进行新一季密室逃脱的录制，我和他都是常驻嘉宾。

戚晨风站在我身边，笑着问我："邹一，你害怕吗？"

"我会害怕？"话音刚落，一具假的尸体从天而降，我瞬间尖叫着扑进了戚晨风怀里。

戚晨风又笑了："不愧是你。"

不愧是我，最受欢迎的密室尖叫王。

没人能想到我竟然和我的对家成了最火的综艺搭档，大家都亲切地叫我们——密室双子星。

真的。

毁灭吧。

ONLY FRIEND

在几十亿人的庞大星球上，
他的引力那么遥远，
却控制着自己每一次呼吸。

ONLY FRIEND
The only one

锋芒

一棹雪 Text

高冷狠厉助教 VS 中二叛逆少年

JUST FRIENDS

THE ONLY ONE

锋芒

TEXT 一梓雪

梦里梦到的故事,醒时起笔留下它。

"我想吃橘子。"

"我不认为这是很好的逃课理由。"

江峰没有抬头正眼看张子邝,只瞥向窗台的鱼缸。鱼缸里面一株不知名水植和两尾橘色的小金鱼都生机勃勃。江峰的神色放松,似乎心情很好,可语气却能把人冻成冰。

张子邝同样也没有拿正眼瞧江峰。张子邝虽说有接近一米八五的个头,却长得眉清目秀,肤色白皙,一颗眼下痣更让他添了几分女孩子般的柔美——美这个词,的确是可以形容他的,毕竟是从小就学习国标舞的人,不过前提是他不开腔说话。

张子邝手里是剥了一半的橘子,指尖还留有淡淡的清香,提升营的班服就么么松松垮垮地盖在肩上,还是前不久被早课执勤同学强制执行的。"哦,那行,那我走了。"他轻蔑地挑了挑眉,把一瓣橘子扔进嘴里,伴着咀嚼音发出含混不清的回答。

江峰终于抬眼了,一道厉光就这么把空气无形地劈成了两半。

"嗯,你试试。"声音不带任何温度和起伏地从江峰胸腔里压出来,咬字清楚，一字一句像火炮一般滚落。

上课预备铃恰逢此时响起来，大家从未觉得这铃声如此悦耳。语文组的几个老师战战兢兢地围过来打圆场："哎呀算了算了，那个小江老师，快上课了，我们一起过去吧。"

N班班主任陆老师早就猫在门外观察情形了，见状非常及时地一个箭步冲进来，连拉带扯地把张子邙拖出去："走走，回去上课！"说着拍了拍张子邙的背，给他使劲儿递眼色，故意抬高音量说给江峰听："又是你张子邙！这才进来学习几天，瞅瞅你惹了多少事儿！必须回去写检查，三千字起步啊！"

就此，一场不见硝烟的战争还未奏响就已经被及时化解。

送走两尊大佛，大气不敢出的老师和围在办公室外的学生们都长吐一口气——还好还好，这次没闹起来。

"这期提升营可算是热闹咯。"角落里，A班班主任孙老师跷着二郎腿幸灾乐祸地说着阴阳话，引来几双齐刷刷的白眼。

+ 001 +

永川市有这么一句话传了很多年："没有青春树带不动的孩子。"

这里是青春树，永川市排名第一的成长计划机构，每年秋季都会开展一期为期半年的全封闭式提升营，按照入营考试的综合素质评分，把孩子们分班，进行针对性的培养。底子偏弱的孩子，通过学习有了质的进步，出去后绝大多数都考上了理想的院校；甚至问题孩子，青春树也专门开设N班接纳他们，目的是通过正向引导和教学，让他们积极向上。尽管入营意味着半年都见不到自己的宝贝孩子，但就冲着这斐然的成绩，望子成龙的家长们每年都挤破头地去抢入营名额。

张子邙何许人也，那可无人不知无人不晓。他是本期提升营中年龄最大的刺儿头，N班头号钉子户，青春树投资商兼二股东的宝贝儿子。这人进了提升营就是横着走的一"霸"，打架逃课一个不落。听说四年前还在高中念书时，他突然表现出强烈的厌学情绪，选择去跳舞，休学至今却又被父亲按着送来这里补习了。

再说这江峰，虽然是张子邱班上的班助，却并没有比他大几岁。江峰目前W大在读，课外兼职N班助教兼科学老师，实习期间他就已经拿到了青春树的offer——青春树承诺在他毕业后将高薪聘请他担任主讲老师，人称机构团队中最年轻的平平无奇小天才。江峰其人人狠话不多，他年纪最小，脾气也最差，管理学生却很有一套，不仅学生服他，多年教龄的老教师们也对他又是忌惮又是敬佩。尽管他还只是班助，但大家都尊称他一声"小江老师"。但要说起这人的过往经历，还得从他高中的时候说起。

江峰当年以省榜眼的好成绩考上W大，可谓是全校乃至永川市的风云人物。可当记者来采访时，他却没有如大家所想的那般分享一些中听的学习妙招或是夸夸父母、老师，他当时毫不怯懦又不带情绪地对着摄像头说——

"生命的本质即是一场无意义的活动，饮食、睡眠、学习、工作，生存亦然，最终目的只是为了获取片刻的多巴胺罢了。"

"超脱卓绝的忧郁天才少年"——当年，各大报道是这么描述江峰的，而同学们则用"不好惹""不合群"来形容他。

就是这样一个特立独行的天才少年，在所有人都以为他将会一路深造时，却一声不吭地接受了青春树的offer。

"不好惹""不合群""优秀"，江峰多年后回来，师生还是如此形容他。而说起他带的是最令老师团队头疼的N班，这并非他能力差，恰恰相反，这还是他主动提出的。

没有人觉得他的选择古怪，毕竟他本就是一个生性孤僻、难懂的人。

或许自带光环的人之间总有磁场,江峰碰上张子邝,这两个人刚碰到一起,就对付上了。

那是青春树开营一个月后。江峰正在做课前准备,他在黑板上板书"N班 无限可能"时,门"砰"的一声被打开了,来人大大咧咧地闯进来,大声说道:

"听说你很拽,我要在你班上上课。"

张子邝一头栗色钢夹烫,斜挎着个黑色帆布包,嘴里嚼着块泡泡糖,后面不远处还跟着N班班主任。张子邝是张建国亲自送进来的,班主任不敢接话,只不停地给江峰递眼色,让他灵活处理。

江峰面无表情地给班主任比了个手势,让他稍等片刻,顺带就把门关上了。

班上的同学面面相觑,心想:完蛋,要出事了。

这来的人大家是不认识,但谁不知道小江老师?"不好惹"三个字就差写在他脸上和从来不好好扣的衬衣上了。

江峰二话不说长腿一迈,走到最后一排搬了个破板凳,面对着后门放下,顺带一把把后门打开了:"来,要在我班上上课是吧?让我们欢迎新同学。这就是你的座儿,记得后门不许关,那个三角区属于你。"

空气凝滞了三秒,没有一个人敢发出声音,蚊子都悄悄飞离了战场。

班主任本来就在观察动静,此时正好挪到后门处,门一开,又跟江峰撞了个眼对眼。

张子邝不好惹,江峰也不好惹,班主任两头为难,只好先撤。

那一边张子邝不动,笑了笑,指着第一排正中间的男生道:"你,起来。"

男生不敢多事,连忙把座位让了出来。

张子邙大摇大摆地坐下,问同桌:"他叫什么?"

同桌唯唯诺诺:"周亮……"

张子邙看了看桌上课本封面上写的名字,若有所思地说道:"我没问这位同学。"

"我说的是——"他一歪头,戏谑地盯着江峰,"他。"

同桌更害怕了,声音都在打着战:"江……江峰,小江老师。"

张子邙点了点头,冲江峰吹了声口哨:"喂,江峰,你这么拽,我好欣赏你,我要挨着你上课,没意见吧?"

江峰始终面无表情,但人人都能感受到周围气压低得厉害。他靠着后门,冲张子邙喊话:"既然想在我这里听课,就得守我的规矩。我有几个条件。"

张子邙冲他抬了抬下巴,示意他接着说。

"一、仪容仪表,立马改正。

"二、课堂规矩,必须遵守。

"三、你得叫我'江老师'。"

张子邙夸张地"哦"了一声,语气轻浮地应承:"江老师,小江老师。我这就改正。"嘴巴却故意噘起,对着江峰吹了个大大的泡泡。

江峰没再浪费全班时间,安排周亮坐下后,便有条不紊地开始了今天的课程。

这节课大家上得很是憋屈,大气也不敢出,但偏偏张子邙就跟故意要引江峰注意似的,只要江峰提问题,他必定把手高高举到江峰面前。

江峰却偏偏不点他。

漠视,就是最好的回击武器。

在青春树的实习经历磨炼了江峰的意志和脾气,形形色色的学生见多了，他不是没有发过火，但那都是对于那些尚可管束的孩子；对于那些"天生顽石"，江峰也决不放弃，而是选择以柔克刚。他的"柔"，不是无限让步，而是先以绝对的无视让对方开始自我审视，再通过教学方法加以约束。

而张子邝，就是江峰目前为止见过的最顽劣又难啃的那块硬石头。

第二天，张子邝又顶着他那头栗子色钢夹烫大摇大摆地来上课了。

只可惜他连提升营校区都没进去。

江峰就笔挺地站在检查的同学旁边目不斜视，旁边牌子上贴了张很大的画像，跟通缉令似的。

画像上画的正是张子邝，江峰亲自动手画的，还把他的栗子色钢夹烫和嘴里的泡泡糖浓墨重彩地画了出来，并着重在旁边打了红叉。

张子邝挠了挠头，有点发窘。

昨天初次照面后，他满脑子都是"有意思，让我来会会你"，但着实没想到对方还有这一手下马威。

到最后，校区门口只剩下他们两个人。江峰让门卫大爷把门给锁了，两人就这么隔着门大眼瞪小眼。艳阳高照的初秋尚热，张子邝汗如雨下，率先败下阵来。他把泡泡糖吐了："江老师，大热天的，你热我也热，你让我进去呗。"

江峰站在门房的阴影下无动于衷，他早有准备似的掏出个手持小电扇对着自己呼呼吹："出了营区大门，右手边巷子里有家理发店，拉直染黑全套200元，我可以垫付。"

张子邝终于摊了摊手认栽："行，我去，我去总行了吧！"

江峰假眉假眼地冲张子邝挤出一个八颗牙的职业微笑。

+ 002 +

张子邙,这响当当的名字已经一夜之间引爆了整个营区。休学四年,重返学习海洋的第一天就跟最不好惹的小江老师杠上了,而仅过了一夜,他竟然就言听计从地染黑了头发、乖乖地上课,有没有搞错?!

有人说自己亲眼看见小江老师跟张子邙打了一架,江老师制服了对方。

又有人说,看小江老师那样儿就知道,他本来就是道上混的狠角色,张子邙在他面前是小巫见大巫。

还有人说,小江老师其实是个制药高手,给张子邙喂了自己研发的"乖乖学习药"。

转眼两个月过去,这两个人大大小小的矛盾隔三岔五总能闹一番;那些流言蜚语也越传越离谱,然而当事人却并不在意。

此时正是午睡时间,教室里的窗帘拉上了,只透出昏黄而微弱的光。班上的同学早已进入梦乡,只有张子邙歪七扭八地坐着,跟讲台上的江峰眼对眼。

张子邙噙着一看就不怀好意的笑,江峰的眼神不避不让,照旧面无表情。而面无表情之下,江峰正思绪活络,腹诽对待这个问题严重的学生,自己还有很长的路要走。

正在江峰盯着张子邙出神的时候,他手边忽然滚来一个小纸条。

他打开一看:"小江老师在想什么?你发呆的样子不拽了,我不喜欢。"

江峰皱了皱眉,冰冻般的表情终于有了一丝裂痕。

张子邙看着他这样子,没忍住无声地笑起来。

在他心里,纵使是别人又怕又敬的小江老师,于他而言也并没有

辈分的鸿沟，因此哪怕开些过分的玩笑，自己也从不会有所忌惮。

他并不讨厌眼前这位所谓的"小江老师"，只是心存顽劣地想逗逗他。不知道为什么，江峰越是无所适从，他越开心。

从第一天被押送来"改造"起，他本想消极地听从父亲的安排，打算在这个破提升营里大闹一通，然后破罐子破摔混到结营。听说同期来了个最难惹的实习老师，就赶着把自己送上去了。不能实现舞蹈梦想的生活本就无趣。但现在不是了，从见到江峰起，他来上课就有了个新目标——撕破这张从来都不笑的臭拽脸。不知道下面藏着一副怎样的面孔呢？他越来越期待了。

想着想着，他心情大好，侧身伸了个懒腰。

手却突然挥到了一团柔软而有弹性的温热物体上。

张子邝回头一看，手腕却突然被那人紧紧捉住了。这江峰不知道什么时候跟鬼一样晃到了自己身后，正好整以暇地低头看着他。

大意了！

张子邝想抽回手去，却被钳制得更紧了。他有些恼了，瞪着江峰。江峰不甘示弱地盯回去，半晌把那张纸条扔回了张子邝面前。

揉得皱皱巴巴的纸条已经被江峰规规矩矩地折了三折，自己恶作剧的传话后面已经有了回话。

江峰的正楷笔走龙蛇："不想睡就不要睡了，跟我去营地操场谈谈。"

不等张子邝回答，江峰就自顾自地拽着张子邝的手腕，把他带出了教室。

张子邝甩了甩手："行了行了，我跟你走，别跟拷犯人似的。"

江峰这才松了手。

操场不大，周围栽了一圈树，正好为他们提供了天然的庇荫小道。两个人一前一后慢慢走着，张子邝憋不住了："不是你要跟我谈的吗？你怎么不说话？"

江峰的声音从身后传来："我在等你说。有什么想跟江老师说的，今天都可以和我倾诉。"

张子邱想了想："算了，没什么想对你说的。"

江峰问："你是不是对我不满？"

张子邱一秒都没思索，回得干脆："没有啊。"

江峰又问："那你是不想上课吗？"

张子邱的脚步顿了下，踢飞了路边的小石头："嗯。"

江峰不给他停歇的机会："为什么不想？"

张子邱有点恼了："你管我？"

江峰的声音突然近在耳畔："是不是学习本身没有让你感受到快乐？"

张子邱没半点心理准备，侧头一看，江峰的大脑袋就在自己面前。

"哎哟小江老师，凑这么近想吓死谁？"他惊得一蹦，无语地把头歪到另一边，皱着眉想了想，"也没有吧，学习挺快乐的。只是我的世界已经有更快乐的事了。"

江峰"哦"了一声，循循善诱："是什么呢？可以跟江老师聊聊吗？"

张子邱忽然就对这个人没了办法。

他终于不带戾气地笑了："行啊，但是我渴了，小江老师请我喝汽水呗。"

"我相信自己是为舞蹈而生的。"张子邱狠狠灌下汽水，嘴角没擦的水渍在阳光下闪着光。

江峰无声地看着他，听他说起他自己的故事。

张子邱从小就对舞蹈表现出一定的天赋和强烈的兴趣。

四年前，张子邱不顾家人反对，先是休学，后是离家出走，并擅自前往意大利深造国标舞。之后，他一边接受专业的训练，四处求访

最顶尖的舞者；一边不断地表演、参赛，一有舞台他便如鱼得水，斩获大大小小荣誉无数。可就在他一路顺利时，他的父亲却断了他的资金来源，强召他回国，还联系了拯救他们这种所谓"厌学"的孩子最有一套的青春树。张子邱不得不退出舞台，重新开始上课。

知情人谈起此事都摇头不止，听说望子成龙的张父曾为他出国这事气得差点和他断绝父子关系。

"家族产业总需要有子孙接手。舞蹈嘛，说白了就是兴趣爱好，这孩子玩够了，张老板就希望他收心，今后按部就班地学商，好继承家业。"

"说起来也很唏嘘，大家族的孩子早早就被安排好了一生。"

张子邱曾听到别人这样说。

"我可不想按照别人为我铺的路就这么过一辈子。"说这话时，张子邱的牙紧紧咬着，嘴角的水渍干了，眼角却开始熠熠生辉。

"张子邱，是这样，接受学业知识是有必要的——"

"学业？我说我早就把大学基础课程自学完了，你信吗？"

江峰有点无语："就你这逃学打架上课睡觉的样子，谁信？"

他把公文包一扯，里面露出来一沓模拟卷。江峰从中抽出一张拍到张子邱面前："下午前两节课是我的自习课，你别写作业了，把卷子做了拿我看看。"

张子邱看着上面"N班摸底考试题"几个大字，"喊"了一声："就这？"

江峰看着他，眼睛没动，手继续往下翻，又抽出一张："那这张。"

张子邱瞥了一眼，白眼马上翻到天上去了："又是N班的？"

江峰已经有些不快，他直接翻到最后，抽出那张压包底的："只要过了及格线，从此江老师不再逼你，还破格调你进孙老师的A班上课。"

那是A班资格考试卷。

"行，就这个。"张子邙一把夺过卷子，一跃而起："但有一点说好，我还要留在你班上。"

江峰从未对任何一个问题孩子心生过鄙夷，但此刻升腾而起的除了满心愤怒，还有对张子邙大言不惭的态度产生的极度不满。这不是能力问题，这是人品问题。

他在心里对自己说，这可能会是我第一个放弃的学生。

"考得出来再说。只要你说了大话，不管你家里如何求情，我都会让班主任把你踢出去。"他不再搭理张子邙，挎起公文包大步走了。

张子邙抖了抖卷子，斜着眼哼笑一声，仰头咕嘟嘟喝下最后一口汽水，出气似的把易拉罐狠狠地捏变了形。

+ 003 +

铃响了。

N班的学生刚从昏睡中苏醒，正想放鸭子，就看到小江老师冷着个脸进来了。

这个班的学生本就活跃得很，哪个老师都头疼，但学生们偏偏怕江峰怕得要紧。

尤其是现在的江峰，唇峰紧抿，眉毛压低，一看就心情很差。

太可怕了，妈妈我要回家。

同学们大气不敢出，全都在埋头奋笔疾书。但若仔细一看，就会发现真的在写作业的只有那么一小部分人。其余的有的在跟同桌传纸条八卦小江老师，有的在纸上画江老师的小漫画，有的在记小笔记"小江老师生气的表现第三十条"，还有那个最显眼的张子邙，作业纸直接被他折成了飞机。

好家伙，一堂自习课硬是上成了自由活动，一个干正经事的都没有。

"二十分钟过去了，你卷子都没拿出来。答应我的事呢？"

张子邙单手撑着脸看着江峰笑："别着急嘛小江老师，着急上火，快坐下喝口茶。"

江峰的语气很冷："这是我给你的最后通牒。"

也是他允许自己给张子邙的最后一次机会。

张子邙跟江峰对视了整整一分钟，把痞里痞气的笑容收了起来，从抽屉里把卷子摸了出来。

江峰真的生气了。

张子邙用余光偷偷看了江峰一眼，见他没有离开的意思，只好"刷刷"地写了起来。

十分钟过去了。江峰本来站得笔挺，只是为了气势上压制张子邙，结果看着他答题，不知不觉弯下了腰去。

他原本根本就不信张子邙"自学大学课程"的鬼话，但这张卷子的答题情况，简直可以用无懈可击来形容。

不仅速度快，而且正确率百分之百。

江峰终于信了。

下课后，他趁着大课间把卷子改了出来，满分。他一抬头就对上了张子邙的眼睛，对方正歪歪扭扭地站在他的办公桌旁看着他，眼睛根本没往卷面瞟，就好像早就知道结果一般。

江峰打这一刻起就知道，这是个如曾经的自己一般的天才。迟到早退还逃课，上课睡觉、看小说、吃零食，饶是这样还能考满分，天才舍他其谁？

江峰忽然有些无措起来。他不是没有面对过像张子邙这样有学习以外的理想的孩子，但他们中没有一个表现得如张子邙一般坚定。

他明白知识的必要性，所以并没有排斥学习，只是故意表现得毫不好学；但与此同时，他和那些尚且稚嫩的孩子并不一样，他对自己未来的路，已经有了笃定而决绝的安排。最重要的是，他的确是这条路上的一块金子。

江峰把张子邝叫到走廊，一时不知道说什么。张子邝倒率先开口了："小江老师，现在支持我了吧？"

江峰试着组织语言，不知为何，实习工作中积累的那些教学论此刻都失效了："但是张子邝，老师想告诉你，每个人打小都有理想，有人想当宇航员，有人想当警察，有人想当医生。这是好事，人生就是为了一个又一个目标而前进。"

张子邝听着，从牙缝里挤出了一声笑："好事，好事多磨啊。"

江峰顺着他的话说："是，好事多磨。但前提是，你们需要建立成熟的三观，多见识世界的多样性，再去修正或实现理想——"

张子邝一时有些激动，他打断江峰的话："见识？我见识过了啊！我见到了舞蹈有多迷人，那个世界有多光彩。我坚信，我就应该是站在舞台上的人啊！"

他悲伤地嘶吼，一遍遍重复，声音已经染上了哭意。

"是的，我明白，你已经试过了。"

江峰也眼神哀伤地看着他。

"我明白。"

他明白。

他也曾经是有理想的少年啊。

可他缺钱，所以迫切地需要半工半读以养活自己，而青春树完美地满足了他的需求。

当他拿着青春树的 offer 和实习期就开出的高薪，朗读教师誓词，读到"为教育事业奉献终身"时，少年时的那个稚嫩理想已经化成了一阵吹过他的风了。

"太荒唐了,这简直是异想天开,怎么能当工作呢?"

"工作不就是为了赚钱吗?赚钱不就是为了过上更好的日子吗?"

"稳定、体面、离家近点,随时能回来,爸爸就放心了。"

那些声音随着风声,一刻不停地钻进江峰的耳朵里。

大课间很快结束了,铃声让江峰从回忆里回过神来。他侧头去看张子邙,张子邙的情绪已经稳定了下来,又换回了那副玩世不恭的神情。

他正玩味地盯着江峰的脸,扯着嘴一笑:"哎哟喂,小江老师可算回神了,还是现在比较拽。伤心这种表情,可不适合出现在你脸上。"

江峰紧了紧拳头,劝自己不要生气。

他伸手又想去拽张子邙的手:"回去上课了。"

张子邙眼疾手快,率先反扣住江峰的手:"欸,又来?我可是你的好学生,考满分的那种,会不好好上课吗?"

江峰抬了抬被对方擒住的手示意:"你这是?"

张子邙痞笑道:"怕小江老师独自神伤,黯然失意掉下楼去,我得护送你回办公室啊。"

江峰的一张冷脸又裂开了。

目的达成,张子邙满意地哈哈大笑。

他真把江峰送到了办公室门口,这才准备回教室。临走时他冲江峰弹了下舌:"咱俩可是兄弟了。今天的事,保密。"

从那以后,张子邙再也没公然挑衅过江峰,江峰也对张子邙特别优待。

同学们又开始传,江老师被张子邙收保护费了。这个张子邙其实

是跆拳道黑带，江老师哪里是他的对手……

听到这话的时候，两个人正在食堂面对面吃饭，旁边那桌窃窃私语的女生没发现他们，越讲越离谱，江峰忍不住咳了一声。

女生这才发现主角竟在她眼前，连忙不好意思地端着饭盒溜了。

张子邝故意坏笑地亮了亮拳头，抵在江峰胸口："啧，小江老师听到没？想不想吃我的拳头？"

两个女生没走远，正在暗中观察，看到这一幕都开始八卦地尖叫起来。

江峰感觉自己的脸都丢尽了："从今天开始，你别缠着要跟我一起吃饭了。"

张子邝故意装可怜："嚯，江老师不想当我的好兄弟了呗？"

江峰毫不客气地说："谁跟你是兄弟，目无尊长。"

张子邝"喊"了声："你现在又不是正式老师，咱四舍五入可是平辈呢。怎么样好兄弟，晚上下课后有没有空？赏个脸赴我的约呗？"

江峰摸不着头脑："嗯？"

张子邝神秘兮兮地说："带你去我的秘密世界。"

+ 004 +

放学铃一响，张子邝就溜出了营区，带着江峰七拐八拐来到个咖啡厅，上了二楼台阶，眼前竟是另一片天地。

整个二楼被改建成了舞蹈室，对着街道的是采光极好的落地窗，而另外三面是舞蹈镜。

张子邝伸手指点江山，字正腔圆跟吐葡萄皮似的："这里是舞台中央，我生长的地方。"

"……"江峰嘴角抽搐，欲言又止，"张子邝，没事多看点书，少学些土味的话。"

张子邙本就故意恶心他，闻言更是浮夸地挺直腰杆，单手优美地划过胸口，行了个标准的绅士礼："欢迎来到我的世界。"

江峰很无语，索性找了个地儿坐下，闭眼打坐。

张子邙逗他玩够了，唰一下把校服脱了，里面赫然露出一身紧身舞蹈服。

"小江老师，我要开始咯？"

江峰被张子邙的突然换装惊到了，啧了半天："张子邙你别说，你穿这身衣服真的很有气质。"

张子邙弯腰颔首致谢。不知何时起，那副对什么都不在意的痞气从他身上褪去，取而代之的是笼罩他全身的专注和虔诚。

是啊，江峰都忘了，这是个本就应当用"美"来形容的男孩，这是个全心全意热爱舞台的专业舞者，这是一颗生而发光的金子。

顽劣、放纵，不过是张子邙对于外界无声的反抗与呐喊，是他给自己的保护色罢了。

"那么，我便开始了。"

没有伴奏，呼啸的晚风便是他的协舞曲。

他闭上眼，在舞台中央开始独舞，每一个动作都恰到好处，身体在空中划出难以形容的美妙弧线。

明明没有追光灯啊，江峰却看得陶然醉去。为什么？为什么眼前的男孩会发光啊！

张子邙的神情如此陶醉，旋转得越来越快，他的眼睫、唇角、指尖上仿佛有无数碎光在流转。

随着张子邙身体的旋转，江峰的心脏也跟着狂跳了起来。

直到一只手翩翩落到自己眼前。

张子邙笑吟吟地施了个邀舞礼："江老师请。"

江峰像个犯了错的学生一般直摆手:"我不会,我动作不协调。"

张子邙不由分说地直接牵住了江峰,把他拉了起来:"没关系,不是要感受我的世界吗?我们一起。"

江峰只得学着曾经看过的舞蹈视频那样,笨拙地把手搭在张子邙的肩上,随着他的舞步进退。

张子邙想笑:"现在我真的相信你身体不协调了。"

江峰尴尬得想走:"行了,我不跳了。"

张子邙把虚搭在对方腰上的手紧了紧:"开玩笑的,没关系啊,我们男人本来就身体不够柔软,一开始跳舞都是这样的。"虽是这么说着,他的脚步却开始加快了。

江峰只得硬着头皮跟上张子邙的舞步,却笨手笨脚,不是踩了他的脚,就是转身的时候撞了他的腰。

张子邙也不生气,故意逗他:"小江老师跳得真好啊!"

江峰听了只想狠狠地踢他的屁股。

随着两个人的配合渐入佳境,江峰慢慢摸着了门道,犯错的频率少了许多,张子邙也开始有意教他体验一些新动作。

"来,单腿弓起往上提,身体挺直旋转。"

"下腰,想象重心在后,然后踢腿向前。"

"张开双手,牵着我从另一头旋转过来。"

就像张子邙坚信自己生来应该跳舞一般,江峰也坚信自己绝对不是跳舞这块料。

他差点没把自己转飞出去,被张子邙牵着拽回来的时候又跟他脸贴脸撞了个满怀,两个人都被撞得眼冒金星。

"张子邙,张子邙!停一停,我转晕了!"

江峰靠在硕大的舞蹈镜前大口喘气,几乎力竭瘫软下去。张子邙走到他面前,高大的身影把他笼进一片黑暗中。

"再来吗？"

江峰汗如雨下，摆了摆手："不来，休息会儿。"

张子邱不置可否地笑了笑，拧开矿泉水递过去，在他身边坐了下来。

江峰接过来大口地灌下，好半天才平复呼吸。

两个人没有再起身，就这么肩并肩地看着窗外。天色将晚，落地窗外霞光欲倾，把整个天幕映成好看的紫红色。

室内一片安静，只听得到彼此有力的心跳声，如竞速般一个比一个快。

江峰突然开口："张子邱，你的舞蹈我只能用叹为观止来形容。我现在真的相信人的潜力的确是多元的。"

"嗯？"

江峰一边伸手勾勒着晚霞的形状，一边说道："就像这流云，人是有可塑性的，我们生来就有可分配的技能点。有的人运气好，总能点到对的技能上，从此一路开挂大有作为；可大多数人可没有这样的好运，他们有的生不逢时，有的没钱没势，最后啊，阴差阳错，都没能成为本可以成为的人。

"仔细想来，是我一贯的思路出了错。曾经总以为，教书育人这件事，带的学生只需要完成学业，便是最好的安排。"江峰赞许地拍了拍张子邱，"所以，江老师支持你。或许比起课业，你其他的技能更为闪耀，谋求其他出路是对的。"

张子邱乖顺地听着江峰的长篇大论，不知为何，脾气并不算好的他在江峰面前总是耐心极好。

"没想到，除了爱说教，其他想法你可和那些墨守成规的老师大不一样。"

江峰的声音低了下去，仿佛自言自语："那你可想错了，我只对你不一样。"

张子邙以为自己听错了："什么？为什么？"

江峰突然回神："啊，没什么，只是觉得你是一块锋芒大盛的玉罢了，不忍心看你被埋没。"

张子邙笑了笑："现在我又觉得你跟他们没什么区别了。"

"……随你。"江峰扶额。

他忽然想起了什么："子邙，你知道我为什么主动带N班吗？"

张子邙随口瞎接："好玩呗，能耐呗。"

江峰摇摇头："不是。N班于我而言，不是NO的意思，而是NEVER，绝不。"

张子邙有了兴趣："怎么个'绝不'法？"

江峰说："绝不放弃你们，你们也绝对不要放弃自己。既然你们各有各的技能点，不如顺其自然，在教育的引导下野蛮生长。"

张子邙没有看江峰，不经意地开口问："那你呢？"

江峰问："什么我？"

张子邙继续说："你的技能点在哪里？不会就是教书吧。"

江峰顿了顿："我的技能是教书。"

张子邙步步紧逼："你的梦想呢？"

江峰张了张嘴，有一个词冲破胸腔直至嘴边。

他生生咽了下去，到底没有说出口。

他垂下眼："江老师只想好好教书。"

"小江老师，有件事我没告诉你。"张子邙突然道，"其实我早就知道你，那时候你还不是老师。所以我可以喊你的名字吗？"

"……今天可以，下不为例。"江峰被这一番连珠炮震住了，有些错愕，"你知道我？"

"江峰。"张子邝闻言笑了，重复念了一遍，仿佛说给自己听，他点头，"很早的时候就知道了。"

江峰在记忆里仔细搜寻："哦，是听说过我高考完的那次发言吗？"

"生命是一场无意义的活动。"张子邝脱口而出，"当时我觉得这人真拽，还装，但偏偏我就有了兴趣。"

江峰轻咳了一声，自嘲地说："年少轻狂，你怎么给记下了？"

张子邝说："因为我认识你比这还早，所以当时看新闻，一眼就认出你了。后来我被我爸抓回国，听说你正好也来这里当了实习老师，才没有抵死拒绝，想到你班上会会你。"

江峰恍然大悟："原来是这样。那你是……"

张子邝用胳膊肘撞了撞他："别猜了，我不告诉你！"

江峰对他的无理举动很是无语："你是真不把我当老师了啊。"

张子邝撇嘴："你也不比我大多少。在这儿，"张子邝嚣张地指了指舞蹈室，"我可是你老师！"

江峰正色道："你不知道不以年龄论尊卑吗？"

张子邝大声道："那你可就占我便宜了！"

一阵秋风恰起，从洞开的窗拂过二人的脸。

江峰眼对眼地盯住他笑道："我就占你便宜了如何？"

张子邝愣了许久后，才盯着他哈哈大笑，故作嘲弄道："小江老师，我输了，我甘拜下风行了吧？以后谁欺负你我跟谁急。"

江峰失笑，翻到一边躺下："你啊你啊，装成这样子给谁看啊。"

张子邝并不介意对方撕破自己的面具："给你看啊。"

江峰讷讷道："我可不想你这样。"

张子邝在他旁边躺下了："你想我怎么样啊？"

或许是离得近了，江峰的声音清晰地传来，直传到张子邝内心深处。

"我希望你啊，做自己就好了。"

半晌，张子邝轻声道："这句话，我也送给你。我希望，我们都可以做自己。"

江峰"嗯"了一声。

"其实啊，我小时候有梦想的。就跟很多小孩子一样，我小时候想当科学家。

"或者说，我一直都想研究科学。生命有限，我愿意把自己的生命用来探索宇宙中更大的意义。"

不知为何，江峰在这个男孩面前忽然有了久违的倾诉欲。长大以后，他越来越自我封闭，太久没有和人交心了。

张子邝认真听着："后来呢？"

江峰说："当回报和付出极不对等的时候，这就是绝不可能实现的梦想。我和你不一样，我家没有钱，也不可能支持我。"

那时候，江峰还很小。正逢父母离婚，父亲本就高攀，不得不净身出户，带着江峰白手起家，从送快递开始，直到有了第一桶金能被拿来做生意，他们父子俩的生活才慢慢步上正轨。

他是过过苦日子的人，家住不到十平方米的出租房，昏暗的灯光照不清人的脸。

因为不想父亲这么辛苦，他去求过母亲回来，可母亲和她新找的男朋友把他赶了出去。

后来，江峰就暗暗发誓，一定要出人头地，堂堂正正地活着，把这些阴暗的岁月狠狠甩在身后，让自己和父亲的生活好起来。

也是后来，他拼命学习，拼命生活，拼命赚钱，拿到青春树高薪offer 的时候，他就把这样一个萌芽的梦藏进了风里，眼里的光也熄灭了。

毕竟有些心事，只能说与山鬼听。

回忆到最后，江峰这样说。

张子邱最初只是静静听着，后来忽然转过头看着江峰，眼里有波光闪烁："江峰，虽然我不能感同身受，但现在也真的觉得，好遗憾，太遗憾了。

"之前本来打算永远也不告诉你，第一次在哪里见过你的。但现在我反悔了。"张子邱认真地注视着江峰，"你还记得那次去科学体验馆的夏令营活动吗？"

江峰嘴唇轻碰，重复道："夏令营。"

无数尘封的记忆向他扑面而来。

+ 005 +

江峰永远记得十四岁那年夏天的那一场梦。

圆梦巨人，那是个专为培养孩子兴趣、发掘孩子闪光点的公益组织，每年夏天都会在全国各地义务举办夏令营。每次举办的活动主题都不一样，有的是赛车，有的是模型，有的是绘画。而当传单送到江峰手里时，他的眼里只有那个"科学体验馆"。

不记得是多少次央求父亲让他去了，直到江峰不断重复"这是不要钱的活动""绝对不会影响学习"时，囊中羞涩的父亲终于松了口。

他开心了好多天，把去夏令营的背包清了一遍又一遍，终于在那天清晨坐上了前往市区体验馆的车。

车上并不都是年龄相仿的孩子，大的十七八岁，小的八九岁。

孩子们叽叽喳喳，互相交换着自己知道的粗浅知识，说起爱好，大家异口同声："我想当科学家！"

江峰张了张嘴，到底没有喊出这句话。

他没注意到，身边一个略小的孩子，同样没有出声。

"我是陪我朋友参加的。"张子邙说，"那时候我一眼就注意到你了。"

张子邙第一眼看到江峰时，只觉得这人很奇怪，明明就热爱科学，为什么偏偏死鸭子嘴硬不承认？

可到了科学馆后，他对江峰的印象很快就有了改观：这是个会发光的人。

就如同自己宛若天生属于舞台一般，这个奇怪的小哥哥，在那些复杂难懂、稀奇古怪的仪器和知识面前，总是第一个了悟的。在这个领域他如有神助，如鱼得水。

张子邙对自然科学并无兴趣，他在夏令营全部的时光都用来观察江峰了，这就是他的乐趣所在。

茫茫人群中，我们是同类人，你的磁场遥远地吸引着我。

这太奇妙了。

当时的张子邙这样想，却并不敢去搭讪，只把这些惺惺相惜咽进肚子里。

三天过后，在总结会上，有的孩子哭着说太难了，自己再也不要当科学家了；有的孩子则坚定地重复了自己的理想。

而江峰只是冷冷地说："我很喜欢科学，但我还是不要当科学家了。"

半大点的孩子说话稚声稚气的，却带着股好像生气了一般的执拗。

主持人姐姐还想问为什么，江峰已经跑下了台。

那是那次夏令营张子邙最后一次见到江峰。

当晚他就被家里的专车接走了。父亲笑着问他："怎么样，夏令

营有意思吗?"

他嘟着嘴说:"没意思透了。"

张子邛的心思早就飞了,只是后悔,为什么没能认识一下那个会发光的人。

直到第二次看到他,已经是新闻上了,那个曾经会发光的小哥哥,眼神空洞、面无表情地说:"生命本质上是一场无意义的活动。"

"结果呢?最后,你回到了课堂教书,我又回到了课堂上课。"张子邛哈哈大笑,把头埋进自己的臂弯里,蜷成一团,最后终于笑不出来了,声音闷闷地传出来,语气悲凉又自嘲,"你说讽刺不讽刺啊?"

江峰也微不可察地笑了声,呼出的气息消散在风里:"子邛,我们不一样的,你可以。"

张子邛问道,不知道是问江峰,还是问自己:"可以吗?我可以吗?"

江峰忽然很心疼,伸出手,安慰地搂了搂张子邛:"当然可以。我会尽我所能地支持你。"

真的是很温暖的怀抱啊,也是个多么温暖的人啊,张子邛想。他猛地反抱住对方,在暮色夕阳的温柔包裹下号啕大哭。

"毕竟你也只是一个小朋友啊。"江峰喃喃道,轻叹出声。

他包容张子邛的那些矜傲、凶狠,他明白那都是用来保护自己脆弱内心的武器。眼前的男孩不过是一个浑身是刺的小朋友罢了,小朋友哪有什么坏心眼呢?

+ 006 +

临近结营,营里办了一场师生联欢会,体谅到家长们念子心切,还请了他们来校观赏节目,整个校园处处张灯结彩,一派热闹景象。

原本 N 班临时加课，是不被允许参加全程的，但江峰磨了领导好几天，做了好一番思想工作，并且拍胸脯打包票自己带的班成绩不滑坡，这才在联欢会开场之前得了首肯。

其他班的同学们都坐定了，N 班生才跟赶兔子出笼似的一股脑儿蜂拥下楼，张子邙慢悠悠地晃在队伍最后。台上的舞蹈节目刚结束，主持人互相捧哏似的介绍下一个节目，长长一段话张子邙一个字儿没听见。他对于这些活动没啥兴趣，越觉得无聊他的步子越懒散，干脆不走了，坐在三楼楼梯间，正对着楼下舞台。

眼尖的他忽然看到一个戴绿帽的小丑朝他脚下的楼梯口移动过来。

绿帽小丑三拐两拐上了楼，气喘吁吁地在张子邙面前站定了。

好家伙，小丑竟是江峰。

张子邙乐死了。他吹了个口哨，啧了好几声："嚯，江老师今天可真是别致啊，表演节目呢？"

江峰懒得理他，直接一把把他牵起来："我到处找你。走，跟我下楼去，就差你了。"

台上主持人正在报幕："下面请欣赏，教师组带来的表演《小丑竟是我自己》……"

台下张子邙像个三好学生一样，在第一排坐得笔直。

一群平时横眉冷目的中年老师穿得花里胡哨地一个个上了台。

老师们打打闹闹地开始了表演，舞台效果没有多好，倒是大家不协调的肢体动作引得台下笑成一片。张子邙的眼睛就没从江峰身上挪开过，嘴巴快咧到耳朵根了，果然小丑竟是江峰自己。

盲到江峰换好衣服浑身是汗地站到张子邙面前，张子邙还在指着他笑。

"……你让我缓缓，哎哟笑死了，小江老师这老胳膊老腿有事没有啊？"

江峰："……"

张子邶凑到他耳边："出去别说是跟我张子邶跳过舞的人。"

江峰正色道："张子邶，我还就得是跟你跳舞的人。"

张子邶哟呵了一声："小江老师好大的口气啊，不然再跳跳？"

江峰恢复了气定神闲的样子，抖了抖西装："你说的，那接下来……"

主持人非常及时地接话："……接下来，是由我们的小江老师和N班张子邶同学共同带来的舞蹈表演《追光》，请欣赏！"

张子邶震惊了。

江峰正要开口，主持人夸张地把追光灯打到他们身上："哦！看看，表演组已经在台下候场了，让我们掌声欢迎！"

掌声雷动，大家都在起哄。这是什么组合？全营最火的师生对家！这可太有看头了吧！

张子邶很快调整好心态，挤出职业微笑拉着江峰上台，一边给台下鞠躬，一边掐江峰掌心的肉。

江峰就让他掐，得逞地笑着跟他耳语："现在知道我为什么找你了吧？"

张子邶："你坏心眼真是多得很。"

江峰："怎么，不是很喜欢跳舞吗？给你这个机会还不好？"

音乐响起，张子邶对着江峰假笑，施施然作出邀舞的姿势："好你个大头鬼，跟你这个四肢不协调的笨蛋萝卜一起跳。"

江峰把手递过去，紧紧握住他的手："我这不是怕你不乐意上台，所以陪你一起。"

"要陪我是吧？"舞台就是张子邶的掌控地，他拽着江峰就是一

个旋步,"好啊,那我不会放你走了。"

很快张子邙把控了整个节奏,江峰也在他的引导下慢慢找到了节奏:"张老师真不错。"

张子邙:"嗯?小江老师叫我什么?"

江峰笑着说:"张老师啊,舞蹈上你的确是我老师,这还是你说的。"

张子邙也笑:"不必了,我只希望小江老师能一直做我的老师。"

江峰补充:"还是你的朋友。"

张子邙应道:"是的,是很好的朋友。"

一曲舞毕,台下呼声如浪潮一般席卷而来。

"张子邙真的太厉害了!!!"

"可不是吗,我眼睛都没挪开过。"

"听说是世界冠军?得过好多奖的那种!"

主持人不知从哪里捧了一大束鲜花上来要送给张子邙:"张子邙同学的舞蹈真是太震撼了,听说你曾经在国际舞坛成就非凡,那在这里有什么话想和大家说说吗?"

张子邙感受到身边威胁的眼神,没接捧花,只搂住了江峰的肩:"全靠他衬托。"

"……"江峰把花抢了过去。

张子邙试图拉江峰下台,江峰不动。

张子邙不解地看着他。

顶光灯并没有暗下来,背后的屏幕上竟然开始播放张子邙每一场比赛的实拍剪辑,那是江峰这些日子,每个深夜挑灯搜集资料,一点点为他制作的。

这时江峰把话筒重新举了起来:"下面的话,我想送给一位在场的父亲。"

什么情况？大家纷纷往家长席望去，台下已经出现了骚动。

江峰继续说："相信您正在现场，已经看完了这支舞蹈，也一定被子邙的光芒所打动吧。我们都看到了，这是个极为优秀的专业舞者。我相信，只要给他合适的土壤，他将为我们青春树，甚至为我们的国家带来无数殊荣并成就他自身。或许您这些年没能有时间听听子邙自己的想法。子邙，今天正好，和爸爸敞开心扉聊聊吧。"江峰把话筒递给了张子邙。

张子邙的眼睛不可遏制地瞪大了。江峰竟然为自己准备了这么多惊喜。他的声音颤抖，直到一只温暖的手鼓励似的轻轻搭在了自己肩上，他才感到前所未有的安心和充满力量。

"爸爸，"张子邙看着台下乌泱泱的人群，"虽然我不知道您是否会认真听我这番话，但我还是想说。这些年你一直在打拼事业，我们父子俩总是聚少离多，像这样谈心的次数更是屈指可数。我想告诉您的是，我已经按照您期望的那样，提前学完了课程，也准备好了申请大学的材料。您让我回国，我也回来了，但与此同时，您不知道的是，您支持也好，反对也罢，这些年我都从未放弃过跳舞。我会证明给您看，我既能终生站在舞台上，也能当您孝顺省心的儿子。"

"更重要的是，"张子邙看着江峰鼓励的眼神，忽然力量从胸腔喷涌而出，"就像江老师这么优秀一般，我会证明给您看，我是天生就会在舞台上发光的人。"

所有人都沉默了，随即爆发出一阵热烈的掌声，更有不少人喊话声援。

江峰把话筒接了过来，指着屏幕："子邙这些年的努力，让我相信他就是舞台上的那颗星星。作为子邙的老师兼朋友，说这些话或许逾矩，但还请您考虑下，这是一个少年最纯真的理想。你、我、我们

都有少年时,而青春树,永远支持任何一个孩子的梦想。"

台下呼声四起:"双手双脚支持!"

正在这时,台下一位中年男人缓缓站了起来。

张子邙的眼睛亮了:"爸,你果然来了。"

这么多年,张子邙和父亲相聚的次数并不多,记忆中的父亲总是疏离而又威严的,这是他第一次在自己父亲的脸上看到动摇。

张建国想,他是一个失职的父亲。

他看着儿子,又看看大屏幕,忽然发觉自己竟然从未想过了解儿子的内心世界,只是把他的理想归为孩子的玩笑罢了。可自己年轻时,的确也曾经有过这样那样的理想。

这是每个人都必经的路。

他看着已经身姿挺拔的张子邙,忽然意识到,儿子的确长大了,或许该相信他自己的选择。

他最后也没说话,只是看着张子邙点了点头。

这是一位父亲最沉默的温柔。

+ 007 +

结营了,大家纷纷被家长接走,昔日热闹的营地重归宁静。

张子邙已经记不清这次的结营联欢会是怎样结束,自己又是怎么和父亲一道回的家。喊出心中积攒已久的话后,他整个人仿佛脱力般地往下坠,记忆变得零碎而混沌,而自己胸口的大石头终于落了地。无论结局是好是坏,自己都不会再动摇,也不会后悔今日的选择。

更何况,那个人一直在自己的身后,不是吗?

那个一直把他当成小朋友,无条件包容支持他的人。

不知道那个人现在在干什么。张子邙终于坐不住了，一溜烟跑到了青春树。

就看一眼，偷偷看看那个人就好。他想着，推开了早已轻车熟路的办公室的门。

江峰的工位空荡荡，窗台的鱼缸也不见了。

"张子邙？"班主任正要进来，叫住了他。

"陆老师，小江老师去哪里了？"

"哦，小江老师今天起就不来了。人刚走，你现在还追得上他。"

张子邙没来由地心脏猛烈跳动起来，他多害怕从此再也见不到那个人了。

没有交换联系方式，什么也没有，在几十亿人的庞大星球上，他的引力那么遥远，却控制着自己的每一次呼吸。

张子邙夺门而出。

出了大门，耀眼的阳光扑面而来，张子邙几乎睁不开眼，下意识地去挡，却看到一团阴影朝自己笼罩过来。

那个人的领带还是不好好系，他的东西那么少，仿佛没有什么值得他留恋一般，只有那个鱼缸被当成宝贝似的抱在怀里，橘色的小金鱼和水植被他照顾得那么好。

"江峰。"张子邙笑着大声喘气道。

江峰也笑了："你怎么来了？"

张子邙："找你唠嗑，不行啊？"

江峰故意逗他："那你以后找不到了。"

张子邙果然急了："别啊！你去哪？"

江峰不开玩笑了："我接受了本校的保研名额，自然科学方向，毕业后准备报考国内最负盛名的科学院。所以，以后就不在这里教

书了。"

张子邙的脑子仿佛宕机了:"你……你决定了?"

"怎么了啊,对待自己这么有决心,对我就觉得不可思议了?"江峰看着张子邙认真地说,"我啊,也准备去追求自己的梦想了。"

张子邙回过神:"没有,只是觉得突然。好事啊!那我必须双手双脚支持你啊!"

江峰看着张子邙忍俊不禁:"你啊。"

他把鱼缸递给张子邙:"这个送你,以后你替我照顾吧。"

张子邙疑惑:"这不是你的宝贝吗?"

"以前呢,我是一个缺乏生命力的人,所以需要从外界汲取氧气。现在认识了你,我好像不需要了。"江峰偏过头看着他,"谢谢你,就当我的谢礼。"

张子邙把鱼缸捧好,眼底是藏不住的笑意:"好,我收下了,一定帮你照看得好好的。"

江峰又想到什么:"对了,那次事情后,你爸的态度有好转吗?"

"嗯,也谢谢你。"张子邙真诚地说道。

自那次后,他们父子的关系奇迹般地缓和了许多。张建国不再逼着儿子没日没夜地学习,而是把时间还给了他。现在,张子邙有大把的时间沉浸在练舞中了。

两个人沿途慢慢地走,张子邙跟江峰絮絮叨叨:"你知道我不拒绝跟着父亲从商的其中一个原因是什么吗?"

江峰开玩笑地问:"是什么?混吃等死吗?"

张子邙笑着捶他:"什么啊!我是想,父亲投资青春树,而我呢……"

"你怎样?"

张子邙孩子气地跑远:"我啊,我投资你!让你拥有超大的实验

室,只允许你自己玩儿,羡慕死别人!"

江峰看着跑远的那个男孩,心想:他那么好,遇到他这件事本身也那么好。

他忽然感觉自己的生命有了意义。

"那你陪我一起努力吗?"说完这句话,他也孩子气地朝前面那个身影追去。

"嗯,一直陪你一起。"

鸡尾酒与鸭血锅

Text 闻笛 → 一个没脱离低级趣味的人。

001

经过三百年长眠,文森特从睡棺中苏醒。

他活动纤长的手指,"哗"地掀开棺盖,浓密的睫毛微微颤动,眼睑缓慢睁开,露出冰蓝色的瞳孔。

他忠实的仆人赛斯扒在睡棺旁,眼中涌出两行浊泪:"伯爵大人,您终于醒了,血族的同胞已经等待您三百年了。"

三百年不见,赛斯仍是一张操劳过度的苦瓜脸,就连眼角的纹路都毫无变化——毕竟血族都有永生的本领。

文森特环顾四周,发现自己正置身地下室,房间狭窄,杂物被胡乱堆放着,空气里散发着木料发霉的味道,天花板开了一条缝,透进昏黄的灯光,头顶还传来"哗啦哗啦"的声音,像是塑料撞击的响动,伴随着一个男人带着醉意的声音:"嘿嘿,胡了!"

文森特皱眉:"这是什么鬼地方?"

赛斯面露难色:"……是麻将馆。"

"麻将馆?我们的古堡呢?"

"前几年赶上拆迁,改建成社区老年活动中心了。"

文森特:"……"

尊贵的血族伯爵从睡棺中坐起,空荡荡的胃袋泛起一阵疼痛。

002

文森特的全名叫维多利亚·范·文森特,是资历最深的血族统领,年龄超过八百岁,却仍旧长着一张二十出头、人神共愤的帅脸。

离开社区老年活动中心,赛斯将他领到滨江酒店,乘电梯登上二十八楼,推开了"不夜城"的大门。这是一间高空酒吧,坐落于山城最繁华的地段。透过酒吧里明亮的落地窗,可以饱览江畔的夜景。

穿梭在酒吧里的员工都是血族,却和人类顾客谈笑风生,一派和气。文森特大为惊讶:"这是怎么回事?"

"伯爵大人,您先尝尝这个。"赛斯打开冰箱,取出一包果冻状的软包装饮料递给他。透明袋上印着一行小字——人造血浆(草莓口味)。文森特将信将疑,低头啜了一口,很快抬起头来,睁大眼睛:"好喝。"

"是吧,这玩意儿比鲜血还有营养,还能加工成多种口味,咱们现在都靠它充饥,不用再外出狩猎啦。不过人造血浆售价可不便宜,我就拿古堡的拆迁款投资创业,开了这间酒吧。"

他拿出账本,交给文森特过目。文森特粗略翻了翻,脸上浮现出赞许的神色。在赛斯的悉心经营下,小小的酒吧生意兴隆,业绩斐然,不仅收入可观,还提供了许多就业岗位。血族人白天睡觉,晚上打工,闲暇时还能刷刷短视频,玩玩游戏,日子过得有滋有味。

看过账本,文森特掩卷沉思。时隔三百年再度苏醒,他本已准备好迎接残酷的战斗,没想到等待他的是一派和平安逸的景象,他想了一会儿,问道:"店里有没有适合我的工作?"

赛斯立刻摆手:"您是血族统领,怎么能让您打工呢。"

"无妨，作为血族统领，我更该以身作则，为族人做出表率。"

"唉，我就猜到您会这么说。"赛斯拿出一套黑白搭配的服饰，双手托着递给对方，"如果您坚持要参加工作，就穿上它吧。"

"这是？"文森特面露困惑。

"现代人管它叫'制服'。"赛斯答道，"不夜城首席调酒师的职位非您莫属。"

白皙的皮肤，瘦削的肩膀，精致的浓眉，高挺的鼻梁，湛蓝的眼眸，身着剪裁优良的西装，搭配复古的金丝眼镜，只要文森特往吧台后面一站，就是高冷禁欲的代名词。不仅如此，他对全世界的名酒佳酿都了若指掌，只要晃晃手指，就能调出独一无二的鸡尾酒配方，令顾客心醉神迷。

首席调酒师的名声很快便传开了，女顾客们为了见他一面挤破脑袋，靠近吧台座位的预约已经排到一个月以后了。他调酒的画面被人拍成视频发到网上，每条都能转发上万次，弹幕里都是此起彼伏的尖叫，甚至有娱乐公司主动找上门，要送他签约出道。

文森特还不知道自己成了网红，他上一次苏醒是十八世纪，错过了工业革命，看到电视机发光都会大惊小怪，更不用说网上冲浪。赛斯却很紧张，毕竟文森特连身份证都没有，是彻头彻尾的黑户，万一被星探挖上门来，恐怕会泄露血族的底细。

赛斯决定先下手为强，带文森特补办居住登记。

血族畏惧阳光，只能深夜出门，好在警察局设有紧急窗口。当晚值班的是个年轻警察，个子高高瘦瘦，长着浓眉大眼，一头短发精神抖擞，胸前挂着的警员证上的姓名栏写着"高玮"二字。

"补办登记是吧，这边来。"高玮露出爽朗的笑容，引着两人落座，抄起一张表格，"文森特？名字有点像外国人啊。"

文森特一边回忆赛斯的嘱咐，一边答道："嗯，刚回国。"

"原来如此。"高玮"刷刷"写了几笔,又问,"贵庚?"

"二十五。"

"家庭状况?"

"单身。"

高玮愣了一下,"扑哧"笑出声:"是'未婚'吧,恋爱状况不用跟我汇报……啊,不好意思,笔没墨了,能借你的用用吗?"说着抬起手指,指向对方胸口。

文森特出门时穿着黑色西装马甲,右胸口袋里插着一只高档钢笔,露出半截笔帽,他顺手抽出,递给对方。

"多谢啦。"高玮接过,埋头写完最后一格,在纸面上盖了个大大的红章,连同钢笔一同递还给他,"久等。"

他盯着高玮,突然愣住。高玮的警服袖口有一处暗袋,袋子表面有拇指形状的凸起,一端呈圆形,他欠身递物时,袋口刚好闪过雪亮的银光,像极了文森特记忆中的水银子弹。

水银有剧毒,一颗就能危及血族性命,他有许多同胞都惨死在特制的银弹下。

他心头一紧,莫非高玮是个猎人?

003

猎人,即专门猎杀血族的人类。他们使用专攻血族弱点的武器,精通各种战斗手段。血族和猎人已经在黑暗中纠缠数百年,结下仇怨无数。

离开警察局时,文森特面色凝重,一言不发。赛斯见状,也跟着紧张起来,压低声音问道:"伯爵大人,您当真没有看错?自从我搬进山城,还从来没见过猎人的影子。"

文森特摇摇头:"我还不能确定,得仔细查验一番。"

"您打算怎么查？"

"银弹藏在他贴身的口袋里，想要看清楚，只能扒下他的衣服。"

"……您可能不知道，现在这种行为叫耍流氓。"

"或许我可以用法术。"

身为高阶血族，他也掌握了一两门魔法技艺，只不过每次使用都要消耗很多精力，对身体不太好。

赛斯摆摆手："不用那么麻烦，我有个好主意。"

次夜，高玮仍旧留在警察局加班。

今天本来轮到他休息，但资料科的小宋去休陪产假，老吴要送孩子去考场，只有他年轻单身，无牵无挂，领导就把工作推给他做了。他任劳任怨，一直处理资料到深夜，才脱下警服，换上便装，打算离开。

正在这时，一个穿西装的男人慌慌张张冲进门，一把握住他的手："警察同志，我需要帮助！"

高玮愣住了："文先生，怎么是你？"

"我钱包丢了。"文森特喘着粗气说，"刚才我在滨江路上散步，突然被人撞了肩膀，低头一摸口袋，发现钱包不翼而飞。钱包里有刚办好的居住证，还有一沓现金，好几张银行卡，万一弄丢，麻烦可就大了。"

高玮把文森特领到沙发边："你别着急，坐下喝口水，把钱包的款式、颜色告诉我，还有你刚才经过的地点……"

文森特洋洋洒洒说了一通，高玮逐一记在纸上，而后转身拿起电话，抽出厚厚的通讯簿，翻到滨江路附近的条目，挨个岗亭拨打。文森特坐在沙发上，肘撑膝盖，十指交叉，暗中打量高玮的侧脸。

一切都是赛斯的主意，钱包是他亲手丢弃的，避开了所有监控摄像，丢在一处隐蔽的花池中。他估计高玮一时半会儿找不到，于是不急不慌地观察对方的举动。

仔细看去，高玮的外貌堪称出众——潇洒俊朗，身材高挑，体魄

强健,脱下警服后,身上就只剩一件黑T恤,袖筒紧贴大臂,衬得肌肉线条分外清晰。大约是心急的缘故,他的颈侧挂了一层细汗,沾在小麦色的皮肤上,闪着亮晶晶的光。

血族一向推崇外在美,用现代人的话说,个个都是颜控。文森特自然也不例外,他盯着高玮看久了,只觉得心潮澎湃,喉咙深处生出一阵躁动,恨不得用尖牙咬住对方的脖颈,刺破皮肤,深入血管,狠狠吸食一口。

自从有了人造血浆,文森特已经很久没有产生吸血冲动,他深吸一口气,强迫自己收回思绪,集中精神。

正在这时,高玮放下电话,大声说:"有消息了!你稍等片刻,我出去一趟。"说完,便迈着大步匆匆出门。

高玮脱下的警服还搭在椅背上,文森特环视一圈,确认四下无人,便迅速拎起衣服,找到袖口附近的暗袋,把手指伸进袋口摸索。

结果令他啼笑皆非——口袋里根本不是水银子弹,而是几块锡纸包装的能量巧克力,只是刚好做成了相近的形状。

他松了口气,坐回原位继续等待。没过多久,高玮小跑着回来了,手里多了一只黑色钱包:"你看看,是不是你丢的?"

文森特大为惊讶:"你从哪儿找到的?"

"说来也不难,你被人撞着肩膀的时候,钱包从口袋里掉出来,大约是被狗叼进花池了,又被在花池里玩耍的小孩拾获,给送到了附近的岗亭,这不,我跑一趟腿就取回来了。"

他说话时神采奕奕,两眼放光,比自己找回失物还要兴奋。

文森特盯着他的眼睛,心弦又是一颤,急忙移开视线,压低声音说:"多谢你了。"

"不客气。"高玮笑得更加灿烂。

"我是不是耽误你下班了?"

"不要紧，反正我也没有别的安排。"

"既然如此，要不要去我店里喝一杯？"话一出口，连文森特自己都愣住了。

高玮也面露诧色："店里？"

"……其实我是个调酒师。"

高玮张大嘴巴："难怪啊，难怪我第一眼见你，就觉得你气质非凡，原来你会调酒，太厉害了吧！"

"过奖了。"文森特表面淡定从容，心里早已掀起惊涛骇浪，不假思索地开口道，"去喝一杯吧，我给你免单。"

高玮先是一怔，很快露出笑容："哟，我这么荣幸啊。"

文森特脑海中已经浮现出高玮坐在吧台前的画面——该给他调什么酒呢？是马提尼，还是金汤力……

文森特正想入非非，高玮却开口道："你的好意我心领了，不过明早我还要出外勤，不能喝酒。"

文森特愣住了——自己有张征服了无数男女的脸，居然惨遭拒绝，他倍感挫败，急忙追问道："总得给我个机会表达谢意吧。"

高玮思虑片刻，抬手指向街对面："正好我也饿了，要不咱们去吃鸭血锅吧。"

004

鸭血锅就开在警察局正对门，店面是简陋的露天摊，生意却十分红火，高玮领着文森特坐下，没过几分钟，热腾腾的火锅就端上了桌。

文森特盯着翻滚的红油，金丝眼镜的镜片上很快蒙了一层白雾，高玮见状，笑道："你刚从国外回来，肯定没吃过这个。"

文森特点头："确实没有。"

"虽然露天摊寒碜了点，但这家鸭血锅的味道可是山城一绝，蘸

上独家配方的小料，巴适得很。"高玮一边说，一边抄起筷子伸进红汤，用熟练的手法捞出一块鸭血，夹进对方碗里，"来，尝尝看。"

文森特的脸上闪过一丝犹豫，在他的印象中，牲畜的血液虽然能填饱肚子，但味道可不敢恭维。然而高玮一脸期待地看着他，实在盛情难却，他只能端起碗，小心翼翼地咬了一口。

麻辣鲜香的味道在舌尖化开，嫩滑的口感堪比果冻，文森特连连点头赞叹："好吃！没想到这么好吃！"

高玮笑得更加灿烂："实不相瞒，我的同事都嫌辣，谁也不肯陪我来吃，你是第一个。"

文森特笑得有点尴尬："呵呵，我的口味比较重。"

毕竟血族连鲜血都能生饮，区区辣椒自然不在话下。

"来来来，喜欢就多吃点。"高玮给文森特夹了满满一碗，目光盯着对方不放，"文先生，你穿这么厚不热吗？我看你额头都冒汗了。"

文森特摸了摸额头："是有点热。"

高玮将他从头到脚打量了一遍："你裹得太严实啦，周围的人都在看你呢。"

果不其然，店里的顾客频频投来视线。文森特身份高贵，注重颜面，被人一盯顿觉脸颊发烫："是我疏忽了，不该穿西装吃火锅。"

"咳咳。"高玮掩嘴笑出声，"要不你脱几件？我看着都替你难受。"

"行。"他答得有些局促，低头把西装外套脱下，又把衬衫袖筒撸到手腕处。

他没有发觉，高玮一直盯着他苍白瘦削的手腕，眼睛眯成了两条细缝，仿佛看见觊觎许久的猎物在陷阱边缘徘徊。

三盘鸭血下肚，文森特已经七分饱，但高玮又端来一只瓷碗，将盖在碗口的锡纸拨开，露出白瓤："这烤脑花也是店里的招牌，又辣又香，你要不要试试？"

香气四溢而出，鲜红的辣椒勾引着文森特的味觉神经，血族伯爵点头道："那我就尝一口。"

他夹起一块，放进口中嚼了两下，突然感到喉咙深处一阵灼痛。

灼伤他的并不是辣椒，而是藏在配料里的蒜蓉。从数百年前起，十字架和大蒜就是驱逐血族的武器。

文森特接连咳了几声，捂着肚子，缓缓弯下腰。

"怎么，身体不舒服？"高玮倾身向前，关切地搭上他的肩膀。

"别碰我！"他猛地站起身，因为动作太大，碰翻了身后的凳子，路过的服务员一脸惊恐地看着他："先生，你……你的手怎么回事？"

文森特也愣住了，急忙低头去看，只见自己手背上浮起一块灰褐色的灼痕，像被火焰点着似的，正沿着皮肤迅速扩散。

"不好意思，我有急事，先走一步。"他仓皇转身。

"站住！"身后传来高玮的喝令，口吻与方才判若两人。

文森特缓缓回过头，发现高玮脸上的表情严肃而陌生，他眨了眨眼，问道："警察同志，还有事吗？"

高玮冷笑一声："我果然没猜错，你是血族人。"

005

"轰隆！"——火锅店上空腾起一片烟雾。

关键时刻，文森特急中生智，把一盆冷水浇在烧烤炉的炭火上。滚滚白烟模糊了人们的视线，慌张的顾客离开座位，纷纷奔向门口，文森特借着骚乱飞快钻进附近的小巷，气还没喘匀，便听到身后响起笃实的脚步声，是高玮追上来了。

高玮手里多了一支枪，是古旧的左轮款式，黑洞洞的枪口正对着文森特。

"站住，不然我就不客气了。就算你本事再大，也挨不过一颗水

银子弹吧。"

风声萧瑟,星辉暗淡。文森特只能停下脚步,缓缓回过头,眼底写满愤怒:"高玮,你是猎人。"

"没错。"

"你装出一副热心肠的样子,帮我找回失物,邀我一起吃饭,都是为了骗我上钩?"

高玮微微皱眉:"我本来存有一丝幻想,希望我找到的是知己,而不是宿敌,可惜现实总是令人失望。"

话音刚落,他便扣动扳机,银弹呼啸而出。

文森特用尽全力向后跃,银弹擦着耳畔飞过,留下一阵尖锐的啸声。他抬起头望着对方:"我虽然是血族,但是从未伤害过人类。"

高玮先是一怔,很快沉下脸色:"几百年来,你们血族滥杀无辜,害人无数,傻子才会信你的鬼话!"

高玮乘胜追击,将文森特逼到巷子尽头,后者伤势尚未恢复,胸口疼得说不出话,眼看着走投无路,只能闭上眼睛。

"伯爵大人!你没事吧!"

千钧一发之际,头顶突然传来赛斯的声音,与此同时,雪白色的剑光当空斩落,劈向高玮。

高玮被打了个措手不及,捂着手臂蹲下去,指尖渗出鲜红的血迹。

赛斯手里拿着一柄铁剑,剑身是从拐杖里拔出来的,古老的冷兵器虽然比不过枪弹,但在发动突袭时仍能派上用场。

赛斯快步跑到文森特身边,撑住他的肩膀,低声说:"伯爵大人,快跟我走。"

"你们谁也别想逃!"高玮咬紧牙关,抬起受伤的手臂,"砰砰砰"接连放了几枪。

但他的手抖得厉害,几枪都放空了,待他再度举枪,敌人已经遁入夜色,消失不见。

006

凌晨时分,"不夜城"笼罩在凝重的气氛中。换作平日,血族人早就关紧门窗,躺进密不透光的棺材里呼呼大睡了,但今天所有成员都醒着,齐聚在会议室,七嘴八舌地议论着。

"万一猎人找上门怎么办?我们要搬家吗?"

"搬家?那酒吧怎么办?"

"搬家之后还有Wi-Fi吗?我的游戏还没通关呢。"

"我的连续剧也没追完……"

……

每个人的脸上都写着不安,血族世代受猎人迫害,颠沛流离,现在好容易过上和平安逸的生活,谁也不愿轻易放弃。有人说:"高玮只有区区一人,还受了剑伤,我们不用怕他!"

但很快有反驳声说:"万一他有同伙怎么办?"

赛斯提议道:"或许我们可以跟猎人谈判。"

"谈判?怎么谈?"

"我们承诺不伤害人类,同时,人类也要保证不再侵犯我们的领地。"

"不行,猎人的承诺根本不能信,我们的同胞曾经信了他们的鬼话,结果被绑在十字架上,丢到太阳底下烧成灰。"

想起惨痛的过往,血族人纷纷陷入沉默。

半晌过后,文森特打破了沉默:"看来办法只有一个,在他通报同伙之前把他除掉。"

赛斯怔住了,但很快攥紧拳头,点头道:"明白了,我这就去干……"

文森特却摇头道:"太危险了,还是交给我吧。"

赛斯面露犹豫:"可是您才受过伤。"

"小伤而已,不要紧。"文森特眨了眨眼,冰蓝色的眼底泛起凶光,"我要让他知道欺骗我的后果。"

007

太阳升起前,文森特匆匆出门,潜入医院内部,躲进避光的储藏室,透过窗缝窥向对面的病房。

对于血族而言,白天行动是极其冒险的行为,但为了监视高玮,他别无选择。

高玮就躺在病房里,尽管接受了消毒和包扎,但抗生素反应使他发起高烧,意识模糊,睡过了整个白天,直到黄昏时分他才带着倦意睁开眼。

一整天里,除了护士例行查房之外,他没有和任何人交谈。

文森特凝视着他孤单的身影,心中暗自忖度,或许他根本没有同伙?毕竟猎人的职业危险又隐蔽,毫无利益可图,在灯红酒绿的和平年代,连血族人都学会了做生意,还有几个人类愿意放弃享乐,甘做黑暗里的无名骑士?

如果高玮是唯一的猎人,只要除掉他,血族就安全了。关键是如何下手才能避开嫌疑。

文森特正埋头思索,高玮床头的手机突然响了起来。

"……未成年人离家出走?对,我记得这个案子,有目击情报?我知道了,详细位置发给我,我这就过去……"

高玮强撑着爬起身,披上外套就要出门,他的胳膊上还缠着绷带,护士和医生纷纷赶来阻止他,却被他一口回绝。"救人要紧。"他留下四个字,快步离开医院。

外面天已经黑了,文森特尾随高玮离开滨江路,步入老城区。这一带没有高楼大厦,只有低矮的砖房,高玮在巷子里绕了很久,终于停在一处废旧仓库门外。

COCKTAIL

　　锈迹斑斑的铁门半掩着，内部一片漆黑。高玮错身进门，借着微弱的手机照明摸索前进，文森特悄无声息地跟在他身后。

　　血族擅长夜视，所以文森特不费吹灰之力就看清了仓库里的情形——堆叠的集装箱比人还高，像一道道墙壁似的，将仓库内部分割成一座迷宫。他轻盈一跃，跳到墙壁顶部，从高处俯瞰，果真看到一个衣衫褴褛的女孩独自缩在角落，双手环抱膝盖，肩膀瑟瑟发抖。

　　高玮还在艰难摸索，一条废弃皮管将他绊了一跤，他摔在地上，伤口撕裂，洁白的绷带上渗出血迹。鲜血的味道让文森特感到一阵亢奋，他的瞳孔在黑暗中收缩，目光紧紧地追着高玮。

　　高玮站起来，全然不在意自己的伤势，继续寻找少女。

　　仓库里空间狭窄，障碍密布，猎人纵有天大的本事也无从施展。对埋伏在高处的血族而言，眼下正是千载难逢的良机，只要把集装箱推倒，砸向高玮头顶，可怜的人类就会当场毙命。事后再把现场稍做布置，伪装成意外事故，就能瞒天过海，全身而退。

　　想到此处，文森特在黑暗中亮出獠牙。

　　高玮已经来到仓库尽头的角落，三面都是死路，头顶有一只重达数吨的集装箱，只要文森特动用法术把它推下去，就算神仙也难逃一死。

　　但文森特的手却在最后一刻犹豫了，因为他分明看到黑暗里还有一个人影，正是离家出走的女孩。

　　女孩蓬头垢面，嘴唇冻得发紫，抱着膝盖昏睡了过去，高玮在她面前蹲下，毫不犹豫地脱下外套，裹在她身上。

　　仓库里很冷，高玮身上只剩一件短袖，嘴唇不住发抖。但他还是伸出手臂，把女孩抱进怀里。

　　如果文森特现在动手，不仅高玮会死，女孩也会丢掉性命。

　　文森特下不了手，高玮是敌人不假，但女孩是无辜的，他不想成为高玮口中滥杀无辜的怪物。

在他犹豫的时候,女孩醒了过来,一下子睁大眼睛,面露惊恐,在高玮怀里不停地挣扎。

高玮急忙解释:"别怕,我是来救你的。"

"不用你多管闲事!放开我!"女孩拳打脚踢,毫不客气。

高玮胳膊上的绷带表面渗出更多血迹,但他始终没有放手:"你一个人躲了这么久,一定累坏了吧,这里又黑又冷,不能久留。如果你不想回家,我绝不勉强你,但你要为自己的安全着想。"

女孩终于停止挣扎,发出"嘤嘤"的哭泣声,高玮用带伤的手臂将女孩托起,抱在怀里,大步往出口走去。

高玮钻出仓库,重新回到光亮处,他摸出手机,拨通警局电话。

女孩还趴在高玮肩头,目光投向夜色,似乎与躲在高处的文森特视线相交,纯洁的目光在文森特心底点亮一线希望。

时代不同了,或许血族真的可以和猎人谈判,用不流血的方式迎来和平。

文森特收起獠牙,从胸前的口袋里取出钢笔和信笺,写下一行字,将纸张撕下,叠成飞机状,抛向前方。

在法术的帮助下,纸飞机乘着清风,徐徐飘进女孩的手心。

女孩拍拍高玮的肩膀:"警察哥哥,是纸飞机!"

"嗯?让我看看?"

高玮展开信笺的时候,文森特的身影已经消失在黑暗中。

008

天亮前,文森特拖着疲惫的身躯返回"不夜城"。

赛斯一脸关切地迎上前:"伯爵大人,您成功了吗?"

文森特摇头:"抱歉,我失手了。"

出乎他的意料,赛斯并未表示惊讶,只是微微一笑:"太好了。"

COCKTAIL

"哪里好？"

"说实话，我一点儿也不希望您杀人。过往数百年，您宁愿食用牲畜的血液，也不愿伤害人类，即便在最艰难的时期，您也从不夺取无辜者的性命。我不想看到您为我们破例。"

文森特沉默了一会儿，才说："我虽然没有杀死高玮，但给他留了一张字条，承诺从今往后绝不伤害人类，希望他也不要再追寻我们的踪迹。"

赛斯点了点头，脸上露出一抹微笑，下一刻，他欠身鞠躬，郑重说道："伯爵大人，我们搬家吧。"

文森特愣住了。

赛斯接着说："我在山城郊外的废旧矿坑里盖了一座安全屋，储存了充足的人造血浆，并且买到了生产配方。从今往后，就算不与人类打交道，我们也能凭自己的力量活下去。"

文森特颇为惊讶："你们不是不想走吗？"

"我们都想通了，血族注定不该和人类走得太近。况且不能总让您一个人承担风险，我们都是您的同伴，永远支持您的决定。"

文森特这才发觉，所有血族同胞都站在赛斯身后，一言不发，静静地等待他开口。

他沉默良久，终于点头道："好，各位收拾行装吧，我们换个地方，重新开始。"

血族四散而去，将文森特独自留在大堂。这里的每件东西——干净的桌椅，精致的玻璃杯，名贵的酒酿——都是同胞们悉心经营的成果，然而他们却被迫抛弃一切。从今往后，血族将和人类断绝往来，当然，也包括高玮。

从今往后，他再也看不到那张令人心潮澎湃的脸。

血族伯爵独自踱步到吧台边，给自己调了一杯龙舌兰。醇厚的酒

香在舌尖徐徐化开,冰蓝色的眸子透过明亮的落地玻璃窗,投向星辉笼罩的江城,最后一次饱览繁华的夜色。

"轰隆——"

强光骤闪,落地玻璃窗被撞出一个大洞,枪林弹雨灌入酒吧,将高脚凳和大理石台打得粉碎。

一片混乱中,文森特听到赛斯充满惊恐的声音:"是猎人!猎人来了!"

009

鹅黄色的吊灯被子弹打得粉碎,二十八层的高空酒吧陷入黑暗,几十名血族在文森特的带领下,避开枪林弹雨夺窗而出,落在跨江大桥上。

家园突然被毁,血族人还没搞清楚当下的状况,猎人的队伍却早有准备,从桥两侧逐渐迫近。文森特定睛看去,敌人都是陌生面孔,只有指挥官的脸他分外熟悉,正是高玮。

两人相隔十米,目光激烈碰撞,文森特厉声质问道:"你是怎么找到我们的?"

高玮冷冷回答:"你以为只有你懂得跟踪吗?"

文森特的脑袋里突然"嗡"的一声:"难道你去仓库救人,也是为了演戏给我看吗?"

"你说呢?"

和平谈判的愿望落空,文森特感到一阵心痛,他咬着牙问:"这些猎人都是你带来的?"

"没错。"高玮点头,"你有你的同胞,我也有我的战友。今天你们一个也别想跑。"

说完,他抬手一挥,身后的部下齐齐举枪,水银子弹接踵而至。

"伯爵大人！小心！"赛斯挽着文森特的肩膀，仓皇后退。

猎人队伍装备优良，训练有素，借着雾气的掩护不断逼近，血族毫无优势，很快被打得落花流水。

眼看包围圈逐渐缩小，赛斯急道："伯爵大人，猎人数量太多，我们恐怕撑不住啊！"

文森特看向远处，天边已隐隐泛起鱼肚白，高玮故意挑在黎明前夕发动突袭，可谓狠毒至极，就算他们侥幸突围，若不能在日出前找到藏身之所，也会被阳光烧成灰烬。

如此下去，血族可能面临灭顶之灾。

文森特咬咬牙："高玮，我本来有机会杀你，但我没有动手，因为我相信你懂得明辨是非。我虽为血族人，但从未伤害人类，以后也不会违背诺言，你为什么一定要把我们逼上绝路？"

高玮愣了一下，很快攥紧拳头："如果我的双亲还活着，或许我会相信你的话。但现在我一个字都不信。"

"双亲？"

"血族杀死我的父母，残害我的妹妹，我至死都不会原谅你们！"

高玮愤怒的控诉声响彻耳畔。

寒冷的江面波涛汹涌，雾气弥漫，眼看敌人愈发迫近，赛斯急得仿佛热锅上的蚂蚁："糟了，糟了，这下该怎么办……"

文森特把手搭上他的肩膀，低声吩咐道："通知所有人，都聚集到我身边来。"

赛斯面露惊色："伯爵大人，你该不会要动用禁术吧？我反对，你的身体承受不住……"

"闭嘴，"文森特用严厉的口吻打断他的话，"听我的命令！"

话音未落，高玮已经杀到眼前，黑洞洞的枪口抵上文森特的前额："不要乱动，老实听话，跟我回去接受审判。"

冰冷的寒意从咫尺外传来，文森特露出苦笑："如果我跟你回去，你会放过我吗？"

"不会，"高玮回答，"但至少可以让你死得体面一些。"

他伸出五指，紧紧扣住文森特的手腕。人类的手臂强健有力，温热的指尖勒进瘦削苍白的皮肉，叫血族无处可逃。

文森特抬起头，望着敌人的眼睛："我不怕死，但我不能眼睁睁看着族人受苦。就算我逃不了，也要先救下他们。"他说着轻轻叹了口气，"可惜死前尝的是水银子弹，不是鸭血火锅。"

说完，文森特便阖上双眼，翕动嘴唇，咏唱禁忌的咒语。

高玮大惊失色，急忙握紧枪筒："我警告你，不要耍小聪明，只要我动动手指你就没命了，我绝不会手软的……"

然而，人类的手指颤抖着，任由时间流逝，始终没能扣动扳机。

咏唱结束，一道刺眼的白光从文森特脚底腾起，将夜色照得通明。

"危险！后撤！"高玮不禁发出嘶吼。

待到白光散尽，桥面上的血族人全都没了踪影。

010

千钧一发之际，文森特使出禁忌的传送法术，把所有同胞一齐转移到了郊外。

但他也为此付出了巨大的代价，脚跟刚站稳，便咳出一口血，捂着胸口倒在地上。

"伯爵大人，您没事吧？"赛斯急忙撑住他的肩膀，只见他面色惨白，洁白的衬衫被血迹染得一片殷红。

赛斯从喉咙深处发出一声低吼："我要杀了姓高的混蛋！"

"你别冲动……"文森特急忙抓住他，"先藏身要紧。"

山城坐落于盆地中央，四面环山，山中矿藏丰富，有些矿井开采

COCKTAIL

枯竭后，被人类废弃，文森特施展传送术的终点便是其中一处废弃矿井。废旧的矿洞位于地底，终日不见阳光，刚好适合血族藏身，赛斯的安全屋就盖在这里。

　　太阳升起前，血族人匆忙钻进屋内，赛斯拿出备用血浆袋，交给虚弱的文森特。对于血族而言，鲜血是最好的治愈剂，但文森特伤得太重，人造血浆根本不够用。赛斯咬咬牙："不如我去抓个活人……"

　　"不行，"文森特勉强睁开眼，用颤抖的声音喝止他，"我们要信守誓言，绝不能杀害人类。"

　　赛斯的眼中淌出两行热泪："您一直严以律己，悉心维护两族的和平，可是那个愚蠢的人类，居然把杀害父母的仇恨算在您头上。"

　　文森特苦笑："恐怕是路易斯干的好事。"

　　赛斯大惊："三百年前的圣战，您不是打败了路易斯吗？"

　　"可能是他留下的残党……"

　　古老的血族也曾有过分歧，路易斯领导的派系与文森特一派截然相反，主张血族高人一等，肆无忌惮地虐杀人类，人类为了反抗，便培养出职业猎人，对血族展开围剿。文森特为了维系血族存亡，一面躲避猎人的追击，一面与路易斯激烈交锋，虽然取得胜利，但自己也身受重伤，被迫入棺休养，一睡就是三百年。

　　三百年过去，路易斯不在了，血族却还是没能逃脱宿命的轮回。

　　地底的生活枯燥乏味，没有鸡尾酒，没有鸭血锅，没有网络小说和电视剧，甚至没有宽带 Wi-Fi，只有可怜的 2G 手机信号。血族人忍受着乌龟般的网速浏览新闻，希望看到"不夜城"的消息，然而，那场激烈的冲突并未引起轰动，大约是猎人组织隐瞒了真相。普通人类对血族的遭遇一无所知，还在四处寻找失踪的调酒师，思念他英俊的脸庞、优雅的身段和精湛的手艺。

　　谁也不知道，这位调酒师正躲在深山洞穴里，向忠实的仆人发号

施令:"赛斯,你去追查路易斯余党的下落。"

赛斯一脸不情愿:"伯爵大人,高玮伤害了您,难道您还要为他报仇吗?"

文森特摇头:"不是为高玮,而是为我们自己,想要维持长久和平,就必须约束同胞的行动。"

"明白了,我尽力去查。"

送走赛斯,文森特的脑海中不自觉地浮现出高玮的面孔。他分明记得,他的禁术咏唱结束之前,高玮先一步将水银子弹推上枪膛,瞄准了他的额头。在那一瞬间,高玮本来有机会杀死他,却没有扣动扳机。

为什么?

他很想知道缘由,却再也没有机会追问。

人类会衰老,血族却拥有漫长的寿命。等到高玮离开人世,自己就会遗忘这段短暂的邂逅吧。

想到此处,文森特深深叹了口气。

下一刻,他脚下的地面开始剧烈摇晃。

011

午夜时分,山城遭遇了百年难遇的大地震,赛斯掏出手机,借着可怜的2G信号拼命刷新闻。血族人围成一圈,盯着屏幕,屏幕里正在播出滨江路沿岸的惨状,曾经的"不夜城"被埋进瓦砾,化作废墟。

赛斯感慨道:"还好我们搬得早,不然怕是连命都没了。"

血族人纷纷点头称是,只有文森特无动于衷,眼睛始终盯着手机。

屏幕里还在滚动播放最新进展,一座开采中的矿井不幸发生坍塌,上百个工人被困在井里,政府投入大量警力组织紧急搜救,文森特分明看到新闻画面里闪过一张熟悉的面孔,正是高玮。

他心头一紧,对赛斯说:"我要去看看。"

COCKTAIL

赛斯愣住了："您要做什么？该不会是为了高玮……"但他的话还没说完，文森特已经出了门，他只能追着背影高声喊道，"无论如何，务必在天亮前回来！"

坍塌的矿井距离安全屋不远，文森特很快赶到事故现场，挤在混乱的人群里眺望。

警察连夜挖通了矿道，大部分工人都已获救，但地震引发管道泄露，导致矿坑深处的毒气含量骤升，搜救队员反复出入，都出现中毒反应。

高玮是搜救队里的先锋，症状比其他人还要严重，背出最后一个工人后，他便倒地昏迷，不省人事。

同伴将他抬上担架，问道："救护车还没来吗？"

另一人摇头道："山体滑坡导致公路阻塞，一时半会儿恐怕来不了。"

"如果不快点把血液中的毒素排出，他恐怕有生命危险。"

"怎么办？谁能救救他？"

"让我来。"文森特拨开人群，快步走上前去。

众人愣住了："你是谁？"

"我当过医生。"文森特用无比笃定的口吻撒了个谎。

他在高玮面前蹲下，揽起后者的脖子，靠在自己膝盖上，"高玮，醒一醒！"见对方始终没有反应，便提高声音，怒斥道，"你连血族都能战胜，难道会输给区区地震吗！"

高玮的喉结动了动，却发不出任何声音，文森特凝视着他痛苦的表情，暗自叹了口气。他俯下身，借着月色把嘴唇贴向高玮颈侧，施展法术，将高玮血液中的毒素缓缓地抽离。

这是他从前发明的法术，没想到有朝一日会用在人类身上。

围观者一脸震惊地望着两人："哪有这么治病的？他真的是医生吗？"

"你看，警察同志醒过来了……"

高玮缓缓睁开眼，贴着文森特的耳朵喃喃低语："怎么是你，你

居然还敢……出现在我面前……"

"你以为我乐意吗!"文森特将他放开,用手背抹了抹嘴唇,"你的血太难喝了,我再也不想喝第二次,告辞。"

他猛地站起身,突然感到两眼发黑,头晕目眩,单薄的身体原地摇晃,仰面倒了下去。

012

文森特在空无一物的房间里醒来。窗帘密不透光,叫人分不清白天黑夜,他躺在一张铁床上,墙壁是灰色的,没有一丝装饰。他想,这里恐怕就是专门关押血族的牢狱,都怪自己头脑发热,偏要逞英雄救下高玮的命,结果反倒落入对方掌心。

因为摄入过量毒素,他的身体很虚弱,没有余力再施展传送术,他抬起一只手,敲了敲身边的墙壁,很快听到一个声音说:"我劝你最好不要乱动。"

是高玮,他立刻认出对方的声音,除了这个讨厌的家伙,还没有人能让他三番五次翻车。高玮精神饱满,全然不像是刚刚中过毒的人,这也是他的功劳。他哼了一声:"要杀要剐悉听尊便,不必浪费时间。"

高玮却笑了:"文先生,我也挺佩服你的,身受重伤、一丝不挂,居然还能逞威风,难道是因为你寿命长、活得久吗?"

"一丝不挂?!"文森特大惊失色,急忙低头查看,在看到自己赤裸的身体时,差点跳起来。

"别乱动,"高玮扯过一条被单,盖在他身上,"这里好歹是医院,不能大声喧哗。"

"……医院?不是监狱?"

"你救了我的命,难道我还会抓你吗,你把我当成什么人了?"

文森特怔了一下,低声问道:"你父母的仇……"

COCKTAIL

高玮沉默片刻，答道："既然人类有好有坏，血族恐怕也一样。我相信你不是凶手。"

文森特在黑暗中愣了一会儿，突然发问："我的衣服去哪儿了？"

"你突然昏倒，我只能把你送到附近的乡镇医院，给你做了全身检查，衣服太碍事，我就脱下来了。"

文森特："……"

"而且救护车被堵在半途，开不进来，我只能抱着你跑了一路，我才知道原来血族的体重这么轻，两手一托就能托起来。"

"……"

"你怎么了，没事吧？"

"……我头晕。"

高玮抬起一只手搭在文森特的肩上："放心吧，你翻车的事，我不会跟任何人说的。"

"你敢说出去！"文森特差点跳起来，却被对方按住肩膀，重新塞回床里。

人类的手劲儿比血族大得多，他无力反抗，只能乖乖就范。

高玮帮他盖好被子，而后俯下身，贴在他耳畔低语："别担心，我不会让你死的。"

"不用你多管闲事。"文森特迅速移开目光。

013

高玮从警察局辞职当晚，文森特在街对面等他。他手里捧着一束大得夸张的鲜花，引得文森特直皱眉："不愧是模范标兵，开个欢送会都这么大阵仗。"

高玮笑得有点羞涩："哪里，是以前救过的小女孩的家长送的，就是那个离家出走的，你还记不记得？"

仔细看去,花束顶端还插着一只漂亮的纸飞机。

文森特翻了个白眼:"为什么要辞职?你本来可以当个好警察的。"

高玮摊手:"没办法,毕竟咱俩抱成一团的场面被太多人看见,你的身份也受到了怀疑,为了维护世界的和平,我只能主动失业了。"

"谁和你抱成一团!"文森特直翻白眼,"活该你也有翻车的一天,可喜可贺。"

"你先别高兴得太早,"高玮冲他挤眼睛,"领导给我委派了新任务,要我去追查路易斯余党的下落。"

文森特脸色一沉:"你怎么会知道路易斯?"

"赛斯都告诉我了。"

"好吧。"文森特撇嘴,"劝你最好不要插手血族内务。"

高玮勾起嘴角:"这是我退休前的最后一项任务,就算你不答应,我也要插手到底。"

文森特更加惊讶:"你要退休?"

"是啊,"高玮点头,"消灭路易斯一伙,人类和血族就能迎来和平,到时候我还当哪门子猎人,不如去卖火锅。"

文森特:"……"

"说真的,以后我打算开个火锅店,专门卖鸭血锅,你觉得怎么样?"

"随你的便。"文森特冷冷回答。然而,他回忆起涮鸭血的香味,肚子不争气地叫了起来。

高玮笑得更开心了:"我就知道你喜欢,开业以后我请你吃啊,你和你的小伙伴统统免单。"

文森特白了他一眼:"先完成任务再说吧。"

"好啊,"高玮突然贴近,一把勾住他的脖子,"上次你说要请我喝酒,不如就改成庆功宴吧,等我们凯旋,去你店里喝个痛快。"

"仗还没打呢,你就想庆功了?"

COCKTAIL

"怕什么，只要你和我联手，肯定所向披靡，天下无敌。"

"……你就吹牛吧。"

可能是今天的血浆袋糖分太高，文森特的脸颊竟然泛起红晕。

014

三个月后。

文森特和高玮重返山城，护照上多了一排印章。多亏便利的全球航班和先进的卫星导航，两人已将躲在世界各地的路易斯余党悉数揪出，彻底肃清。

这三个月里，赛斯也没闲着，带领血族同胞积极参与震后重建，将滨江路翻修一新。文森特凯旋，刚好赶上"不夜城"新店开业典礼。

高玮坐上贵宾席，由文森特亲自为他调酒，引来满堂宾客艳羡的目光。

高玮兴高采烈，一杯接着一杯地喝，全然没有醉倒的迹象。赛斯终于忍不住凑到文森特耳边，压低声音说："伯爵大人，他再这么喝下去，咱们开张第一天就要破产了。"

看到高玮脸上纯良的笑容，文森特差点捏碎手里的杯子。但尊贵的血族伯爵从不食言，他只能抬手指向窗外："没事，你看街对面。"

赛斯循声望去，只见一家崭新的店面还在装修，大红的牌匾上挂着"鸭血火锅即将隆重开业"的广告。

"店老板姓高。"

"哦，懂了！"赛斯露出恍然大悟的表情。

文森特恶狠狠地说："等它开业第一天，我带你们所有人一起去吃个痛快。"

高玮在半醉半醒中打了个激灵，手臂探过吧台："伯爵大人，手下留情啊。"

文森特偏过头狠狠瞪了他几眼。

窗外月朗星稀,清风徐来,山城的良宵还有很长。

ONLY FRIEND

"你跟我走吗?"
"好。"

ONLY FRIEND
The only one

鲸落

mozza.L
Text

JUST FRIENDS

冷静自持男配角 VS 脆弱执拗男主角

THE ONLY ONE

鲸落

Text
mozza.L　→　→　手划断桨的造梦者。　→

"你睡着了吗?"

问话的是经纪人,趴在桌上的萧暮动弹了一下,慢悠悠地抬起头来。粗针毛衣的纹路印在他的额头上,像扭曲的铁轨。透过落地窗照射进来的夕阳有些扎眼,倒把桌上的杂志照得闪闪发亮,杂志的封面上是一张他再熟悉不过的英俊笑脸。

今天是某时尚杂志封面的拍摄日,这是一个月前就定下的行程。本来接到这份邀约就很令他惊讶了,但萧暮更没想到还要和那个人合作。

"他来了吗?"萧暮只是随口问了一句,周围的工作人员就都流露出十二分的紧张。所有人的焦虑都写在了脸上,这更令萧暮心烦意乱起来。

他们有什么可紧张的。

紧张的人应该是我才对,萧暮心想。

今天共同拍摄的艺人是萧暮练习生时期的死党。只是,两个人虽

然曾是同期练习生,如今的境遇却大不一样。

姚野,当下最红的艺人小生。标致的脸蛋,模特般的头身比,他似乎天生就该吃这碗饭。两年前,姚野因为一部突然爆火的电影,冷不丁地跳进了公众的视野,市场简直爱惨了这个闪耀夺目的男人。公司也毫不掩饰对他的器重,恨不能把所有好资源都往他身上堆。就连今天的拍摄,也是品牌方指名说非他不可。

而他萧暮,没有姚野爆红的命,还意外地跟他撞了人设,两人又分属不同公司,常在一些资源场合遇见,因此也难免被拿来比较。只是两人一个剑眉星目,一个眼含桃花;一个耀眼夺目,一个仍是名不见经传,说是相似却也不尽相同。

就连姚野的粉丝都喜欢嘲讽萧暮,说他只是蹭了姚野的热度才有了那么一些讨论度。

"姚野到了。"场务喊了一句,工作人员齐刷刷地朝门口看去,一个挺拔的身影正朝摄影棚走来,灿烂的笑脸极富感染力。

萧暮瞥了一眼,刻意别过了头,对方却径直朝这边走了过来。

"嗨。"

光芒四射的男人叠起双腿坐到萧暮旁边,自来熟地叉了块蜜瓜吃。冬天的蜜瓜糖分充足,姚野甜得眯起了眼。

"你怎么连胡子都不刮?"

"品牌方要求的。"

萧暮揉着下巴低声辩解了一句,听上去有点像抱怨,但这是实话。

这个国际品牌看中的是姚野脱俗的气质,就连今天大片的布景都选择了白色。一些少量的黑褐色点缀只是衬托,像红花背后的绿叶。换句话说,今天所有其他的安排,都是来给姚野当陪衬的。

说起来品牌方会找到萧暮做这个陪衬也很奇怪,即便不是主角,这个资源在圈里看来也是块大饼。

经纪人给的解释是他俩练习生时的路透被扒，可能品牌方想蹭这个热度。况且，他又那么便宜。

萧暮充满怨念地看着盘子里所剩无几的蜜瓜，也顺手捞起一块往嘴里送。

"噫，脏不脏。"姚野露出鄙夷的神情，好像在替对方羞愧。

"我能怎么办？这儿只有一枚叉子，就在你手里！"萧暮边这么想着边理直气壮地瞪了他一眼，却见叉着最后一块蜜瓜的叉子被伸到了自己的鼻子底下，就差碰到嘴唇了。

"喏。"姚野不自觉地努了努嘴，表情戏谑。萧暮一口气堵到喉咙口，余光扫到捂着嘴朝这儿看的场务小姑娘们，只好忍辱负重地张开了口，并随口找了个话题扯开去。

"你卟楞吗？"

"啊？"姚野没听清，但很快猜到了意思。

"我卟楞。"他一边学着萧暮说话，一边站起身掀开西装上衣，里边整齐地贴了两排暖宝宝。

"你看。"

"行了，知道你小聪明多。"萧暮在心里翻了个白眼然后咽下嘴里的瓜，他低头看了看自己单薄的衬衫和毛衣。他本身体质就不差，所以压根儿没想着要做这种准备工作。

"擦擦嘴，脏死了。"姚野抽了张湿巾，下意识就要递过来。萧暮愣了一下，把殷勤的手打掉。

"够了。"

气氛有一秒的尴尬，周围的工作人员都装作视而不见，各自找事情忙。

吃了闭门羹的男人并不生气，拿着湿巾擦了擦自己的手，然后轻飘飘地丢到了桌上。他抬起眼皮盯着对方，细长的眼角眯得像弯月，语气慢悠悠的,像在念一句古老的咒语:"你呀,现在可太无趣了。"

萧暮索性背对着他,当作没听到。

所以他没能看到身后的男人狐狸一样狡黠的笑脸。

他们是同时被选作练习生的。那时的姚野还只是个瘦弱又胆小的少年,性格腼腆,寡言又内向,是受了欺负也不敢吱声的软包子。当时的同期生都怀着竞争的心理,没有谁会对谁推心置腹,争抢资源是最普遍的行为,表面亲热背地猜忌也几乎成了一种默认的生存法则。在这里,信任是奢侈品,更是不值得被摆到台面上来谈论的话题。

但是,萧暮除外。

在其他人都习惯于把微薄的资源捂在怀里不让别人看见时,只有萧暮会在得到出镜机会之后,硬拉上同伴一起串场。自身难保的年纪,不求回报地把自己的前途与另一个人捆绑在一起,这是现在的姚野想都不会想的事情。但是萧暮就是这样做了,且义无反顾,好像压根儿没考虑过后果一样。

他究竟是真傻,还是大智若愚?姚野想了很多年,也没有想明白。

02

一身白西装的男主角倚坐在落地窗的纱帘之前,长腿舒展地落在柔软的地毯上,配合摄影师的要求,做着一系列的表情。

品牌方特意挑选这样日色昏黄的时间点,为的是抢夺那一抹金色的晚霞。只是夕阳令人睁不开眼。

远处的友人始终没有朝这儿看,而是背对着自己在和周围的工作人员交谈,他宽厚的肩膀把松垮的毛衣都撑得笔挺,整个人像一棵茂盛的树。

姚野望着萧暮的背影,脸上的笑容慢慢地黯淡下来。

人们往往只愿意看到鲜花盛开的画面，认为一切都是凭空出现，殊不知种子在扎根发芽前，要经历多少的苦难。

等萧暮转身看向拍摄区时，姚野的表情已经恢复了正常。

盯着不停变换摆拍姿势的男人，萧暮的脑子里杂念丛生。

是的，姚野比以前优秀太多了。从一开始的默默无闻，到后来的万众瞩目，只用了两年时间。过去那个默默无名的小爱豆已经不复存在，现在的姚大明星炙热得如同朝阳，再也不是寻常人能够触碰的了。

忘了这家伙是什么时候突然就长开了，不光莫名其妙地蹿了个子，五官也比从前精致。彼时只能到肩膀的个头，也渐渐逼近了一米八的高度。最后额头停留在了萧暮的鼻梁处，两个人正好差四厘米。

萧暮长得也好看，他的肩膀比姚野更宽，肤色也更暗一些。其实萧暮最初也是走的精致路线，可就因为两人撞了型，最近不得不往型男的方向转型了。没想到的是，观众偏爱的就是姚野这个人，他转不转型，都还是不温不火。

这一次的拍摄同样如此，白马王子的人设给了姚野，而他是那个陪衬的骑士。

别的不论，好在我还比他高四厘米。快要输得精光的男人这样不成器地想着，掩耳盗铃地宽慰自己。

工作人员小心地过来提醒萧暮，姚野的单人拍摄已经结束了。萧暮站起身，任由化妆师给他的脸做最后的修饰，但眼睛总忍不住往姚野那边瞟。

姚野这家伙，最近没健身吗？怎么看上去比之前还瘦？

"大家准备！"摄影师喊了一句，要求两人摆出搭肩的姿势——为了露出品牌赞助的手表。萧暮站到姚野旁边，尽量避开对方热情洋溢的眼神。姚野的手搭了上来，轻轻搁在他的肩上。

"别贴着我。"萧暮小声说了一句。姚野没说话，伸手绕到他的后颈，不轻不重地捏了一把，萧暮立刻像只奶猫一样息了声。

这是过去他们习惯的举止。练习生时期，萧暮总喜欢熬夜打游戏，时间一久就头重脖子轻，嗷嗷叫着头晕。姚野在一旁看到了，总会放下手里的书，过来捏起他的后颈，不轻不重地揉两把。

"你哪儿学的按摩？"萧暮被捏得哼哼唧唧，嘴里含糊不清。

姚野手上不停："我爷爷是中医。"

"中医？那你还会针灸吗？"

"会啊，要不要试试？"

"不了吧……"

萧暮往后躲了躲，脖子被捏得更紧，他发出怪叫。

"我说你啊，有这时间打游戏，不如多学点外语。

"每年的新人都这么多，你以为能靠脸吃饭到几时？"

姚野的话是对的，这一行的竞争这么激烈，稍有懈怠就会被淘汰。一家公司只能留一个人，这是残酷的市场规则。

渐渐地，这就成了一种习惯。当萧暮想偷懒不学习或者没来由抱怨的时候，姚野总会默默把手伸过来，像训诫一样捏起他的后颈。萧暮开始还会挣扎两把，但气焰很快就会平息下来。

两个青涩的少年，共同度过了难挨的练习生时期。只是他们当时谁也没想过，姚野最后会留在理想中的大公司，而萧暮却被另一家平平无奇的小公司签下，两人从此船分两路，各自有了不同的航向。

昔日的好友，也终有一天成了对手。

03

"你的手还是这么冰。"

片刻之后,萧暮把后颈的那只手抓了下来,他看到对方的脸僵了一下,但立马恢复了自然。一旁的闪光灯疯狂地闪烁着,竭力捕捉着难能可贵的真实瞬间。

"这么生分了?"姚野笑着说,他又凑到萧暮的耳边,压着嗓子用气声说话,"你好,罗密欧。"

"……什么?"

"我说,好久不见。罗密欧。"

萧暮把头往后仰了一寸,盯着姚野的脸看。

"你演什么呢?"

"跟你学的,即兴发挥。"

"Cut!"摄像导演喊了一声,两个人立刻分开了。

"罗密欧……最后不是死了吗,怎么讲这么不吉利的话?"

"可朱丽叶也死了啊。"

天色渐晚,可姚野的笑容像是要照亮整个夜空。

"两情相悦的人一起赴死,不是很浪漫吗?"

"浪漫你个……"

反驳的话没能说完,因为对方已经转身离开了。助理们涌过来整理服装,他只好把脏话咽了回去。

哦。想起来了。

《罗密欧与朱丽叶》,这是他们上演技课时排演过的话剧。那个时候……

萧暮的手还捂在耳朵上,掌心滚烫的温度可以蒸发一块寒冰。

这家伙,到底在想些什么?

04

拍摄结束的时候,已是月上枝头。十二月底的晚风尖锐如刀,割得人耳朵发疼。

萧暮沉默地抱着双臂在街上行走,黑色的针织帽和口罩遮盖住了大半的脸。他想着最近的气温冷得有点过分了,大约是下雪的前兆。

深夜时分,街上的店铺陆续关门,好在常去的酒吧仍在营业。萧暮推开木门,抬了抬手和老板打招呼,然后像往常一样拉开吧台的椅子坐下。

"威士忌。"

"怎么今天晚上还一个人来?"熟悉的酒保把酒杯轻轻磕到桌上,橙黄色液体沿着杯壁晃荡。

"今天怎么了?"萧暮喝了一小口,辛辣的酒精沿着喉咙涌进胃里,他才感觉到一阵暖意。

"是什么重要的日子吗?"

酒保用眼神示意了下酒吧的角落处,那儿有一棵巨大的圣诞树。

今晚是平安夜。

"我不在乎这些东西。"萧暮转着酒杯,实际上他已经忙得忘记了日子。回过神来他发现店里正播放着什么音乐,仔细一听还是熟悉的歌。

"落单的恋人最怕过节。"

"只能独自庆祝尽量喝醉。"

"啧。"他没好气哼了一声,突然听到门口有动静。萧暮条件反射地转过去看,来的却是下午刚刚见过的面孔。

"这么巧。"男人换了一身深灰色的服装,宽大的针织衫袖口遮住半个手背,他打了个响指,"龙舌兰,两粒橄榄。"

酒保回身去准备,萧暮直勾勾地盯着在身边落座的姚野,忘了把视线收回来。

这家伙……

"你……你来，做什么？"

"来酒吧还能是为了什么？"姚野不化妆的脸看上去更苍白一些，眉毛和眼神都很淡。

"你怎么不回我消息？"

"你给我发消息了？"

萧暮翻出手机，微信里是铺天盖地的群讯息。工作的内容太多，把寥寥几句的私人消息给遮盖掉了。他找到姚野的聊天框，对方发来好多语音和文字，但他都没有回复。

"你在哪儿？"

"你换手机号了吗？"

"我现在想见你。"

"……"

"你和以前一样，心情不好的时候，总往这儿跑。"

萧暮没说话。这家酒吧确实是姚野带他来的，那会儿两个人还是无话不谈的朋友。不像现在……

"我们有多久没见了啊。"

姚野抿了一口酒，含着橄榄，脸颊鼓起来一块，像吞了瓜子的仓鼠。

"不清楚。你贵人事忙。"萧暮下意识坐正了身子，他不能像刚才那么放松了。现在的同伴身上有一种特殊的气场，再也不是过去那个处处依赖他的小男孩。萧暮的心口无端地涌上一阵酸楚来。

姚野皱了皱眉，但最终没有说出"你讲话真不中听"这句话来。他用指尖慢吞吞地描摹着杯口。

"你还记得，我们做练习生时候的日子吗？"

萧暮顿了一下，没有立刻回答。两个人短暂地陷入了沉默。

"我们那时候，晚上睡不着觉，从宿舍翻出去到大街上溜达。"

"我说想去海边看鲸鱼,你笑我痴心妄想。"

"你现在随时都可以去看啊,又不缺钱。"萧暮脱口而出,等空气沉寂了一秒才感觉不妥。

"我的意思是,有时间的话。毕竟少年时候的梦想,如今都有能力去实现了。"

"少年时候的梦想……"姚野喃喃地重复了一遍,笑着摇了摇头。

"我没有。

"那会儿冬天,你买一个红薯,掰了大块的给我,自己把皮都啃了。

"我非要在冰上跑步,扭伤了脚踝,是你背着我走回宿舍。

"组队的时候,大家都嫌我基本功不好,我总是那个被挑剩下的。

"谁都不愿意和我在一块儿,除了你。

"如果非要说有什么梦想的话,应该是……

"……和你一起。"

男人的语气轻描淡写。萧暮偏过头,正对上他深邃的眼神,心脏无缘无故地剧烈跳动了一秒,傻愣愣地冒出一句:"你喝醉了吧?"

"我是说,和你合作,一起出道,一起……像过去幻想的那样,一起站上顶峰。"

姚野笑出了声,突然仰脖饮尽了杯里的酒,他被酒精刺激得溢出了眼泪。

"我想出海去看鲸鱼,你和我一起去吗?"

"什么?"萧暮露出难以置信的表情,他用手背覆到姚野泛红的脸上,感觉有些烫手。

"不会喝就不要喝。逞什么能?"

平日里滴酒不沾的男人确实有些不胜酒力,姚野拍开萧暮的手:"我没醉。我也没开玩笑。"姚野的声音低低的,轻得有些不真实。

"我是说,现在,立刻就出发。你跟我走吗?"

"你疯了？"萧暮用手撑着额头，表情有一丝不可思议。

"你的新电影马上要开拍了，你打算旷工吗？"

——《天鹅》，当红导演操刀的文艺片，讲的是两个青年之间阴差阳错互换人生的故事。导演钦点了姚野担任男主角。萧暮也有参演，但只是个短暂出场的小角色。

"你陪我去看鲸鱼。我把男主角让给你。"

姚野干脆伸长手臂揽住了萧暮的脖子，像树袋熊一样挂到萧暮身上，一副哥俩好的样子。

"好不好？"

萧暮愣了一下，不知是因为对这个提议产生的短暂的心动，还是因为其他别的什么事物。

萧暮开始顾左右而言他地找不相干的话题。

"选角的事情，还能是你说了算的？"

"这你别管。"姚野有些赖皮，像个弄坏了玩具还推卸责任的小孩。

"我当然有办法。更何况……原定的男主角，说不定突然就在某个早晨人间蒸发了。"

"你说什么呢？"萧暮愈发感到不耐烦起来，推了推姚野的后背想把人扶直，"男主角不好好的还在这儿耍赖吗，能上哪儿去？"

酒保闷笑了一声，姚野吐了吐舌头，做了个鬼脸。

"喂，你还没回答我呢。"

"什么？"

"你跟不跟我走？"

萧暮觉得有些呼吸困难，不知是因为被压迫着脖颈，还是别的什么原因。姚野的眼睛湿漉漉的，令他想起过去同住宿舍时候姚野刚洗完澡的模样来。姚野怕冷，冬天的宿舍里又没有暖气，他总喜欢抱着枕头把自己缩成一团，像只被雨淋湿的猫。萧暮每次洗完澡出来的时

候,看到的就是这样湿漉漉的,彷徨又无助的眼神。

"说什么走不走的……你别随心所欲的。又不是小孩子了。"

"不是小孩就不能随心所欲了吗?"

姚野的脸和脖子都通红,煮熟了一般冒着热气。他有些大声地嚷着,语气里带着耍赖。

萧暮全身的汗毛都竖了起来,如临大敌般艰难地维持着镇定。他很少见到姚野喝酒,上一次还是两个人要分别签署不同公司的时候。

而姚野本人也并不是一个习惯于暴露脆弱的人。

05

"你,遇到什么事了吗?"

听到这话的男人肌肉绷紧了一下,但没有正面回答,反而慢慢地坐正了身子,换上了一副顽皮的表情。

"没有呀。逗逗你罢了。"

"我有时候真分不清你说的是真心话还是玩笑话。"

萧暮感觉到肩头一松,姚野放开他然后半趴在了桌上。姚野的脸上带着醉意,又迷离又清醒,声音听上去冷了几分。

"我们确实是……太久没见了。"

久到你快要把过去都遗忘了。

"我什么时候骗过你?"

萧暮没作声,望着姚野。他下意识想伸出手理一理姚野后脑凌乱的头发,但对方却突然摇摇晃晃地站了起来。

"我想回家了。"姚野的口气突然变得很生硬。萧暮试图扶住他,却被一把甩开。

"你现在住哪儿?我送你回去。"

"不需要。"

"别闹。"

"我说了不需要！"姚野挥着胳膊，撞到椅子险些摔到。

"你是要我像以前一样把你扛回去吗？"

姚野被突然的低吼吓了一跳，动作也随即停止。他的腿软了一下，身子失去重心一般，开始沉沉地往下坠。

萧暮没再纵容他的脾气，解下围巾裹到他的脖子上，然后牢牢地搀住他的胳膊，拖着人往外走。

他假装没有听见男人嘲讽的声音。

"你可真冷漠……"

"你究竟什么时候才能懂事。"

萧暮没有意识到自己的语气有多冰冷。他推开门，猝不及防地被迎面而来的寒气吓了一跳。

外面……下雪了。

他愣了一下，不自觉松开了手臂。

姚野看了他一眼，紧了紧肩上的围巾，也跟着一起望向天空。

两个人抬起脸，闭着眼任由雪片落在眼睑。

"好久不见这座城下雪了。"

"上一次下雪……是什么时候？"

"是我骑车扭伤了脚踝，你背着我回宿舍那次。七年前的冬天，凌晨一点半。"

"你怎么记得这么清楚？"萧暮有些惊讶。更让他惊讶的是，姚野看上去已经没有了醉态。

"你醒了吗？"

"我醒了啊。"姚野笑着说，呵出的白气很快就消失了。

"我一直……都醒着啊。"

远处依稀传来钟声,已经过零点了啊。

萧暮还在发愣,却感觉到脖子一暖,低头一看,围巾重新回到了自己肩上。

姚野已经在向反方向走了。

他背对着友人挥手,声音散在风里。

"圣诞快乐,萧暮。"

015

两个人之后再没有见面,直到《天鹅》正式开拍的那天。

第一场取景在一个偏远的郊区。萧暮带了整整两大箱行李。他经过走廊的时候瞥见了姚野的房间,身为男主角,他的房间竟然只有一个小小的手提箱,其他什么都没有。

或许人家压根儿也不住在这儿吧,他这么想着,耸耸肩离开了。

这是个大雾天,浓雾从清晨持续到上午十点都没有散开。导演再三考虑之后,决定先拍动作戏,说是正好省了干冰的道具布置。

这一段的剧情讲的是男主角梦见自己漫步云端,需要演员吊威亚在半空行走。男配角要做的是站在云端之下,接住突然坠落的男主。两个人在这之间并没有什么对话,全靠肢体语言来诠释。

萧暮反复确认了剧本的内容,他想不出来这一幕"突然坠落"要怎么拍。但场地里站着和姚野身穿同样服饰的替身演员,想必也是为了安全起见。

真是适合他的剧本,男主角和他一样疯。

萧暮在周围来回找着熟悉的面孔,然后感觉有人拍了拍自己的肩。

"嘿。"

姚野已经化完了妆,脸上带着平静的笑。

"在找我吗?"

萧暮愣了一下,他看到姚野只穿着一身单薄的条纹睡衣。

"你就穿这个?外套呢?"

"马上就开拍了。就这么一会儿不要紧。"

"等替身下来,还有好一会儿呢。"萧暮有些着急,但他也穿着戏服,没有什么可脱给他的。

"你很担心我哦。"

"那当然……"萧暮的话说到一半,才意识到对方并不是真的在等待他的回答。姚野已经走到了导演身边,两个人低声讨论着什么。

导演露出惊讶的神情,来回看着他和萧暮,最终点了头。

他们说了什么?

萧暮没来由地感到一阵焦躁,他不喜欢这种被蒙在鼓里的感觉。此刻他无措地站在布景中央,心神不宁地到处乱看。然而场务已经打响了第一镜的板子,马上就要开拍了。

可萧暮抬头看到吊在威压上的人却是……姚野?

萧暮慌张地回头看了一眼导演,但大家都是一副等待的样子。他只好进入状态,佯装镇定地张开双臂,死死盯着半空。

姚野闭着眼睛,像真的入睡了一般。他的衣摆被风吹起,看起来空空荡荡。

身后的吊臂发出令人恐惧的嗡响,悬在空中的男人突然往下坠一点儿,萧暮险些跪倒在地。但好在之后,下降的速度减慢了不少,他稳稳地接住了落到地面的男人。

姚野睁开眼睛,眼中竟然还带着一点儿兴奋的色彩。

"好刺激啊。"

"你疯了吗?"萧暮没能控制住自己的声音,带着些歇斯底里,引着周围的视线都集中了过来,"你知道这有多危险吗?"

"这种事叫替身演员去做不就好了吗!他们是专业的!"

"可是用我自己的镜头,看上去会更逼真一些。"

姚野不咸不淡地解释着,好像在说一件稀松平常的事情。

"道具组都是专业的,我很安全。"

萧暮被顶得说不出话来,隔着衣料感受到姚野身体的冰凉,只好重新抱住他。

"赶紧的,我们一条过,少遭点罪。"

姚野低着头吃吃地笑着,像个孩子一样缩在萧暮怀里。

过了正午十二点之后,阳光才慢慢驱散了浓雾,此时这段拍摄已经重复了六遍。其实导演已经喊了通过,但不知道为何男主角仍不满意,一遍遍要求重来。

每一次看着姚野被悬在半空,萧暮都心惊胆战地守在地面。他分不清这究竟是在折磨男主角,还是在折磨他。等到这一幕拍摄结束的时候,他已经腿软得不能站立。

姚野迈着轻快的步子走过来,像观赏一只珍稀动物一般,笑眯眯地看着瘫倒在地的搭档。

"你胆子好小啊。"

萧暮连回嘴的力气都没有了,搭上对方的手,勉勉强强地站了起来。

"这要是我真掉下来,你还不得哭死。"姚野还在开玩笑。姚野明明整个人都快冻哆嗦了,嘴上也不认输。

"你要真掉下来了,我也会接住你。"萧暮没好气地接了一句,却没听到回话。定睛一看,姚野的眼眶竟然慢慢地红了。

"欸,你别哭啊……"他手忙脚乱。过去两个人总打打闹闹,但真遇着要落泪的时刻,又不知该如何是好。

"说哭就哭,你还真是好演员。"

姚野"嗯"了一声,没有了下文。萧暮也不知该说些什么,他平日里只是看着严肃正经,其实脑子压根儿也不机灵。过去学习和训练的时候,全靠姚野给他补习,才勉勉强强过了关。

总被骂迟钝的榆木脑袋,看来到了这把岁数也没什么长进。

两个人并肩向酒店走去。到了房门前,姚野却没有要进屋的意思。

"能去你房间吗?"

萧暮犹豫了一秒,还是点了点头。

瘦削的男人抱着手臂,曲着双腿坐在床上。

萧暮泡了两杯热茶,把其中一杯递给姚野。姚野捧在手心喝了一口,突然被呛到,剧烈地咳嗽起来。萧暮赶紧坐到他身边,拍着他的后背替他顺气,一边不由自主地叹了口气。

"你啊,和过去一个样子。"

姚野止住咳嗽,泪眼婆娑地望着友人,但嘴角依然带着笑。

"我过去什么样子?"

"弱不禁风,不堪一击。"萧暮连说了两个成语,结果把姚野惹得又咳嗽起来,他捂着嘴,咳得眼泪砸进了杯中。

"我开玩笑的……"萧暮立马道歉,态度极为诚恳。

"你说的对。"姚野没生气,拿手背擦去眼泪,抹得满脸都是。

"我就是身体不好。"

"身体不好就该多休息。还想着出什么海,看什么鲸鱼。"

萧暮有些愤懑地回了一句,但看到对方像个犯错的孩子一样低下头,又止住了嘴。

"你也太拼了。今天的动作戏,让替身演员来做就好了。"

"我好奇你的反应。"

"啊?"萧暮以为自己听错了,但姚野的态度并不像是在开玩笑。

"我想看一看……你会不会担心我。假如我今天就要死去,你会不会……"

"你胡说什么!"萧暮真的发火了,他一把揪住姚野的手腕,晃得杯中的水洒了出来。

"怎么老说死不死啊!你是想死吗?"

"我不想啊。"姚野很快地回复了一句,他的声音有些奇怪,好像嗓子里挤着什么东西。

"我当然……不想啊……"

萧暮皱着眉,看着友人弯下腰把脸埋进掌心。他犹豫地放下杯子,不知这时候该不该施以一些浅薄的安慰,比如揽着他的肩,轻拍他的背一类。

他是在哭吗?

"谁会想死啊,你个笨蛋。"

姚野抹了把脸,咳嗽着把啜泣掩盖了过去。然后,他清了清嗓子,情绪很快平复下来。

"欸,我们躺一会儿吧。"

"啊?"萧暮傻傻地问了一句,但姚野已经钻进了被子里,还戳戳他的腰,指挥他把灯关了。

他只好躺下来,两个人一左一右平躺着,望着空荡荡的天花板。

"我们以前啊……"

"以前,"萧暮抢着说话,无非又是要忆苦思甜,"连空调都没有,冬天冻得只能用热水袋。"

"不是说这个。"姚野往下缩了缩,只露出一双眼睛。

"是说你做梦哭醒的事情。"

萧暮怔了一下,反应过来时脸已经烧得通红。

"你怎么连这种鸡毛蒜皮的事都记得。"

"才不是鸡毛蒜皮呢。"姚野嗤之以鼻,口气又软了下来。

"还记得醒来后你对我说的第一句话是什么吗?"

"我连做了什么梦都不记得了。"萧暮实话实说,但他意识到同伴又不说话了。

"那……是什么?"

姚野沉默了一会儿。

"你说,梦见我死了。我从楼顶摔下来,像鸡蛋一样碎了。而你在地上怎么找都找不到我的尸体。"

"我还做过这么恐怖的梦啊。"萧暮也不自觉地缩了缩身体,他想起了过去。萧暮记得姚野的睡眠状况一直不好,不知道他现在是不是还和过去一样容易惊醒。

"嗯。"姚野的声音闷在被子里。

"你醒来后哭了很久。你说,害怕这会成真。"

"但梦毕竟只是梦,对吧。"萧暮笨嘴拙舌地辩解,显得结结巴巴的。姚野好像变脆弱了。明明两个人之间,他才是成功的那个。

"你这么狡猾,一定会长命百岁的。"

对方没有再接着说话,萧暮等待了好一会儿,慢慢地感觉自己的眼皮也沉重了起来。

于是他没能知晓自己睡过去后发生的事情。

萧暮再次醒来的时候,窗外天色已经昏暗。房间内只有暖气的响声,床边空无一人。

他慢慢坐起身,思考了一会儿才反应过来。今晚是男主角独自拍摄的戏份,这会儿姚野大概在片场。

姚野是什么时候离开的呢?他不知道。记忆中最后的画面是两个人躺在一块儿,他原先只是想让姚野睡一会儿,结果最后陷入睡眠的人竟然是他自己。或许是房间里檀木的气味令人舒适得几乎放下了所

有防备。

有人在敲门,听上去很急。萧暮披上外套走到门口,站在门外的是导演助理。

"萧先生,您怎么不接电话?"

萧暮微微转过头,瞥了眼放在床头已被调成静音的手机,说了声"抱歉"。

"出什么事了?"

"姚先生突然晕厥,已经送往医院了。导演要召开紧急会议。您也赶紧过来吧。"

什么?

萧暮傻站在原地,全身的血液仿佛都停止了流动。

他的大脑嗡嗡作响,像被重捶了一般失去了思考能力。

"事情就是这个样子。"

导演面前的烟灰缸快要满了,萧暮别过脸尽量不吸入太多的二手烟,他的大脑还处于半宕机状态,没能很好地理解对方的话语。

"姚野因身体原因,不再参与此次《天鹅》的拍摄。

"我们也商量过该找什么演员来顶替……

"而姚野举荐了你。"

"您是说……"

"我是说,男主角的戏份,接下来由你来承担。"

萧暮的大脑又"嗡"了一声,平安夜时姚野的声音回荡在耳边。

"你陪我去看鲸鱼。我把男主角让给你。好不好?"

等等……

萧暮有些头痛,他一时处理不了这么多讯息,但总隐隐地感觉有哪里不太对。他看着导演把最后一截烟蒂拧灭。

"姚野在这一行有很多人脉……比你想象的多得多。"

"而他现在把这些人脉，都用在了你身上。"

屋子里的人陆续离开了，萧暮呆呆地坐在原地，才注意到自己的手机屏幕上留着两条未读消息。

"小暮啊，我昨儿个应酬时不小心从品牌方那里套出话来，之前他们坚持用你很大一部分是出于姚野的意愿，你们现在又开始联系了吗？——经纪人"

"再见。——姚野"

08

"再见你个头！"

萧暮破口大骂，被护士恶狠狠地瞪了一眼后，他的气焰瞬间没了一半。姚野哭笑不得地抬起手阻挡，手背上还扎着输液针头。

"你吵死了。我可是病人。"

"知道自己是病人还去拍这么高难度的戏！"萧暮几乎要把心肝呕出来，"而你早就……早就决定了要辞演这件事！"

姚野笑着不说话，瞥了一眼旁边的病理报告。报告上有两个鲜红的字，是萧暮唯一能看明白的内容——肺癌。

电影《天鹅》换角的新闻很快就在业内传开。更有传言透露，姚野在半个月前就已经变卖了在公司的股份和自己所有的资产，一部分捐给慈善机构，而更多的，则是作为赞助，用来支持剧组的拍摄宣传。

他用自己所有的财产和力量，来铸造新的男主角最坚强的后盾。

"什么时候发现的？"萧暮觉得嗓子有些哽，发音非常困难。

"就今年。"姚野慢悠悠地抿了一口茶，语气很轻快，"三期，已经扩散了。医生建议保守治疗。但我不确定自己还能活多久。"

姚野笑眯眯地说着，看似云淡风轻。

"想做的事情没做完,岂不是很遗憾。"

"你想做什么,不能等治好之后做?"

萧暮的嗓门又高了起来,但少了几分底气。"等"是一个虚化的词,而谁也不能保证这个期限有多长。

他握住姚野输液的手:"我可以等你。"

"你知道保守治疗,是什么意思吗?"

萧暮摇摇头,他不愿意深想。姚野拿指尖在床单上画着圈圈,好半天都没有说一句话。

"如果还能有其他的办法,我也不至于这么着急。"

姚野又咳嗽了起来,萧暮这才明白他的胸廓看上去这么瘦弱的原因。

"而你又是个呆子。"

"是,我是呆子。"萧暮咬着嘴唇,"所以得靠你一点点和我解释清楚啊。"

"我哪有这个力气。"

姚野瞪了他一眼,把平安夜挨的批评还了回去。

"你究竟什么时候才能懂事?"

"我是不懂事。"萧暮张了张口,突然感觉自己变回了那个十七岁的少年。他傻愣了很久,才想到该说些什么。

"你上次说,想去看鲸鱼。是认真的吗?"

姚野愣了一下,点点头。

"是呀。"

"那我们就去。"

男人的表情认真得像在宣誓。

"就现在。"

"真的假的……"姚野反倒说不出话来了,萧暮笑了一下,紧抓住姚野的手。

他的眼泪在眼眶里打转。

"我什么时候骗过你？"

09

"所以，这就是你说的，鲸鱼吗？"

姚野歪歪斜斜地坐在塑料长椅上，瞪了同伴一眼。

"怎么了，白鲸也是鲸啊。"萧暮帮他把肩上的围巾裹得更严实一些，"还不用吹海风，多好。"

城市中心的水族馆，圆形水池中央，一只小小的白鲸正拿头顶着彩色皮球玩。

两个人哆哆嗦嗦地坐在观众席，周围有几个小朋友跑来跑去。

"也亏得你的脑子能琢磨出这种小聪明。"不知是否是体弱的缘故，姚野说话的声音也变得很小。

"但是，我反对动物表演。"

"等你身体好了，我们再出海去看真正的鲸鱼。"

萧暮望着姚野，他看上去在颤抖。

"冷吗？"

姚野摇摇头，把自己缩得更紧一些。

这时，牵着气球的小女孩笑闹着跑过，羊角辫在脑袋上一颠一颠。

"你看，小孩子多可爱。要是我前些年抓紧一些，现在也该有个孩子了。"

"这是说的什么话。"

"胡话。"姚野笑笑，"谁会和我这样的人结婚呢？"

"这又是什么胡话。"萧暮紧咬住下唇，不知为何有些想哭。他发觉在这种时候，自己总是要比姚野脆弱得多。

"你当然会有美满的家庭。"

"你才是在说胡话。"姚野一边笑一边咳嗽,咳得呕出了血丝,涌出了眼泪。

白鲸玩完了球,一摇一摆地游回了水池深处。观众们陆续离场,只留下他们俩。

"我说,"姚野突然开口,声音很细微,"你还记得我们训练的时候排演的《罗密欧与朱丽叶》吗?"

"记得。"萧暮点头,"我差点忘了台词,还被老师骂。"

"朱丽叶死亡的那一幕,你怎么都哭不出来。老师说你是历届最差劲的罗密欧。"

"我都没见过她,怎么哭得出来?"

萧暮陷入回忆:"可是后来……"

"后来有人开玩笑说,你就把躺在那儿的当成是姚野。结果你就真哭出来了。"

"老师对你的评价是'没了姚野就不会演戏的学生'。"孱弱的男人挣扎着坐起身,笑望着泪眼蒙眬的同伴。

"就算是块石头也该开窍了,你大器晚成也太迟了些。"

而萧暮的嘴唇颤抖着,却怎么都说不出一句话。

姚野盯着他的眼睛看了很久,摇了摇头。

"算了,我跟你计较什么呢。"

"你又乱说什么……"萧暮像个刚学会说话的幼童,不知是否因为寒冷的缘故,他的牙齿磕在一起,打起战来。

姚野望着远方,轻轻地叹了口气。

"你知道鲸落吗?"

"不知道。"

萧暮言简意赅,他不敢多说一个字,怕暴露自己的情绪。

"鲸落的意思啊,是指海里的鲸鱼去世后,会沉入海底。而它尸体的养分，可以供养一套以分解者为主的生物循环系统长达百年。

"所以我喜欢鲸鱼。它们的寿命本来就很长，而直到离世之后，依然在为这个世界做贡献。

"我小的时候，总是害怕死亡。自从知道了鲸落这回事，突然就觉得死亡也不是一件值得恐惧的事情。"

姚野从口袋里抽出纸巾，温柔地擦拭砸在膝盖上的泪水。

"如果我真的即将……我是说，如果。

"我倒真有想要拜托你的事。"

"好。我都……答应你。"

萧暮什么话都说不出来。寒风吹落了枝头最后一片树叶，天空看起来在很远的地方。

40

冬天的海湾漂着浮冰，汽船突突地冒着烟，一摇一晃地朝着海中央行进。渔夫好奇地望了一眼大清早就包船出海的青年，他戴着墨镜，抱着个黑色的双肩包，静静地坐在甲板的角落。

太阳缓慢地升起来，金色的光芒照亮了海面。

《天鹅》的拍摄被延期了。主演出事，萧暮也谢绝了导演的邀请，向公司请了一个月的长假，没有对外公开事由，也没人知道他去了什么地方。

"小伙子，最近鲸鱼可不常见。"

"没关系。碰碰运气。"

戴墨镜的青年话很少，他望着辽阔的海面，表情有些肃穆。

"哦哟。"船夫叫了一声，手搭凉棚眺望远处。

"你运气好，好像是有个影子。"

青年立刻站了起来，怀里还抱着包。他凑到甲板边上，摘下墨镜

望向远处——一个蔚蓝色的身影跃出了海面，露出窄窄的一角。

"太远啦，看不清。但确实是鲸鱼没错。"船夫很高兴，"我都好多年没见啦。"

"你朋友没一起来，真是可惜了。"

"嗯。不要紧。"

萧暮从包里取出一个黑色的锦囊，顺着风，把里面的粉末洒进了海洋。

他捂住眼睛，有什么冰凉的液体从指缝中溢了出来。

"他……已经看到了。"

一只白鸥从头顶飞过，穿过云层，留下婉转的一声长鸣。

他不要当什么弟弟了，
他只想当**少侠**的小骗子。

ONLY FRIEND

江湖骗子和少侠

碰瓷界"天花板"之江湖骗子 VS 武功奇高智商奇低少侠

百里多肉 Text

JUST FRIENDS

THE ONLY ONE

江湖骗子和少侠

Text 百里多肉 → 干饭星人吃肉分队队员,无肉不欢。

✦ 01 ✦

少侠之所以在江湖中名声大噪,是因为他不仅长得好看,心肠软,武功高,还极其有钱。简而言之,就是那种只会在戏文里出现的人傻钱多的类型。

江湖骗子就是看中了少侠这一点,才想着从他身上骗点银子花。

江湖骗子拿出自己那套被仇家追杀不得已浪迹江湖,寻找失散多年的弟弟的说辞。

少侠听得一愣一愣的,江湖骗子有点捉摸不透他到底懂不懂自己的言下之意。

江湖骗子:"少侠你听懂了吗?我是不是很惨。"

少侠点头:"你真的太惨了。"

江湖骗子:"是啊,如果这时候有人能助我完成心愿就好了。"比如给点钱财什么的。

后面一句话江湖骗子还没有来得及说出口,就被少侠打断了。

少侠傻笑着露出一口白牙:"我帮你!"

江湖骗子觉得自己遇上少侠，简直大材小用。

✦ 02 ✦

江湖骗子很快就发现自己遇到了职业瓶颈，少侠的确给了他想要的银子，但还给了许多他不想要的"附赠帮助"。

江湖骗子看着少侠跟甩不掉的狗皮膏药一样贴在了他的身边，欲哭无泪。最终在崩溃边缘的他做出了取舍，一把掏出自己从少侠那儿得到的钱袋，甩在少侠面前："拿走，给我滚。"

这样跟着他，他都没办法继续行骗，哦不，继续做生意了。

少侠有些不解地说："你还没找到你弟弟。"江湖骗子只知道传闻中的少侠不太聪明，但也没听说会蠢成这样。

"不找了。"

"没关系的，我愿意帮你，你不必不好意思。"少侠一边说着话，一边把钱袋又塞回了他身上。江湖骗子看着不但到手的银子飞了，还没成功地赶走少侠，简直痛不欲生。

少侠对江湖骗子百般迁就，他不爱骑马，少侠就找来马车；他不喜住荒郊野外，少侠就宁愿赶着夜路也要找到客栈住下；他不喜欢少侠满身的江湖气息，少侠就开始说话文绉绉。

江湖骗子对这种烂好人向来鄙夷。不仅如此，对方还是个死心眼，认定了的事情就无法改变。

眼看自己要被迫金盆洗手，江湖骗子只能找出路自救。

✦ 03 ✦

江湖骗子一直在等待时机，终于遇到了卖身葬儿的一对老夫妻。

江湖骗子大喊一声"弟弟"，扑了过去，一把鼻涕一把泪，还偷空跟对方对了个暗号。双方确定是同行后，一起哭了起来。

江湖骗子："原来是你们收养了我从小走失的弟弟,太感谢你们了。"

老夫妻："原来你就是我儿子口中的亲哥哥。"

江湖骗子："少侠您看我已经找到弟弟了,咱们江湖再见,后会无期。"

江湖骗子对着少侠挥了挥手,示意他可以走了,结果少侠上前一步,单膝跪地,蹲在了他的面前,眼里满是心疼。

少侠搂着哭得快要喘不上气的江湖骗子,轻声安抚他:"都过去了,人死不能复生。"

江湖骗子还没有反应过来,就看到少侠拿着那熟悉的钱袋,递给了那一对老夫妻。

"老人家莫要哭坏了身子,这些钱你们先拿着。"

老夫妻拿着钱袋,努力憋笑的样子真的很滑稽。

"演技那么差还出来行骗!"江湖骗子心里腹诽着。其实他不知道,自己当初拿着那一袋金子时没比别人好多少。

04

老夫妻把地上躺着的同伙搬到了牛车上,江湖骗子正准备跟他们一起,结果就听见老夫妻说:"既然收了少侠的钱,我这儿子的哥哥就报答给少侠,为少侠做牛做马了。"

江湖骗子一脸蒙地看着他们扬长而去,留下他在原地跟少侠面面相觑。

江湖骗子:"去你的做牛做马,我答应了吗?"很显然,他的愤怒没有半点作用,少侠似乎认定了他身世凄苦,无处可去。

"那个,我有个远房亲戚,在隔壁城……"江湖骗子觉得是时候跟少侠说永别了。少侠应了一声"好",又爬上马车继续给他当车夫。

他们出了城还没有走几步路,就看着一对老夫妻互相搀扶着往他们马车前倒了下去。

碰瓷？江湖骗子定睛一看，绝了，这不是刚刚那对夫妻吗？好家伙，以为换了一身装扮他就认不出了？但很显然，少侠不仅蠢，还脸盲，竟真的没有认出对方来。

少侠急急忙忙地将他们搀扶起来，又问东问西，确认对方有没有受伤。对方很显然是惯犯，怎么可能说自己没事。少侠可怜兮兮地看着他，问道："你有银子吗？"

江湖骗子把头摇得跟自动马达一样："没有。"

少侠摸了摸他的马对它说："这些日子让你拖着马车，你肯定很生气吧？"

少侠把拴着马车的绳子递给了那对老夫妻："这是我的坐骑，别看它很普通，其实它是一匹汗血宝马，你们拿去换一些银子吧！"

江湖骗子实在看不下去了，冲上前去："站住，每个行业都有规矩，骗一不骗二。你们别坏了规矩。"

老夫妻"咿咿呀呀"地又躺了下去，喊着全身都疼。少侠赶紧把江湖骗子拉到了一边，目送俩骗子去卖马。

江湖骗子看着少侠眼圈红了，他知道，少侠是舍不得那匹陪着他闯荡江湖的马。

✦ 05 ✦

江湖骗子实在是受不住了，一边走着路，一边骂少侠蠢。

少侠不回话，只倔强地盯着他。

江湖骗子看着那双没有任何算计的眼睛，所有的气瞬间就消了，也许在少侠那样的人眼中，从来都没有坏人。只有迫不得已。

没银子吃饭住宿，江湖骗子打算重出江湖，结果还没有出手，就被一群官差抓了起来。

"小骗子，没想到有一日落在我们手里吧！那对老夫妻的消息果

然不假，嘿嘿。"

江湖骗子没想到有朝一日竟然被同行举报了，太惨了。

少侠跟他一起被关在了囚车里，游街示众。少侠替他挡下从人群里丢过来的各种鸡蛋、烂菜叶，江湖骗子骂他蠢，明明可以逃走，却偏要和他一起被抓。少侠只是笑笑，说出的话语充满了坚定和温暖："我既然答应和你一起，那么就永远都不会丢下你。"

江湖骗子听他这样说，表面上做出一副"不想跟傻子说话"的表情，内心却有什么东西，在悄悄融化。

06

这时候人群中有人认出了少侠，说起他曾经给过他们银子，让他们一家人撑过了冬天。许多人都认出了少侠，他们皆得过少侠的恩惠。

托少侠的福，他们两个人被当成上宾安顿起来。

江湖骗子心想，这大概就是传闻中的"傻人有傻福"吧。

江湖骗子换了一身干净的衣服，身上都是皂角的香味，他凑到少侠面前，盯着他问："你对我那么好，是不是有别的图谋？"

少侠红着脸，不敢看他。

江湖骗子哪肯罢休，伸手捧着他的脸，对着自己："你不说我也知道的，所以我给你个机会主动说。"

少侠脸红红的，依旧不肯说话。

江湖骗子继续："说，你是不是早就知道我，就想和我结识？"

少侠红着脸点了点头，眼里都是莹莹的亮光。

江湖骗子放开了他，得意地吹着口哨，心里悄悄做了个决定。他决定去把少侠的马赎回来做信物。

江湖骗子美滋滋地牵着马，对着它叨叨："我告诉你一件事儿，你可能会生气，我觉得吧，在你主人的心里，我的地位比你重要得多。"

马儿发出"嘶嘶"的声音,似乎在回应他。江湖骗子又说:"你不信?我长得很好看吧? 单凭这美貌你就比不上我。"

江湖骗子准备给少侠一个惊喜,悄咪咪地躲在少侠的屋子里,结果少侠并不是一个人回来的,还带了一个人。那人一副江湖人打扮,对着少侠说:"已经查清楚了,他的确是您失散多年的弟弟。"

少侠沉思了一会儿,说了一句:"嗯,他换衣服那一日,我也看见了胎记。"

✦ 07 ✦

江湖骗子选择不告而别,又开始重操旧业,只是他现在已经不讲那个寻找失散弟弟的故事去博取同情了。

很多年以前,他被人贩子拐卖,忘记了自己的家,只依稀记得自己有个哥哥。他一遍一遍地告诉别人,自己在找弟弟,只不过是期盼有个人也在找自己,可真正到了那一天他才发现,他好像并不那么想要哥哥,想要家了。

他不要当什么弟弟了,他只想当少侠的小骗子。

可是他不能。

江湖那么大,有多少人受过少侠的恩惠,就有多少人受过他的欺骗。少侠是个好少侠,应该在江湖上发光发热,继续当好人做好事。

而他,只是个骗子。

篮下争锋

TEXT 陈芥子 是个介乎于青春晚期和更年早期的精神儿姐姐。

  AUBC（亚洲大学生篮球锦标赛）集训营的男厕里，挤满了看热闹不嫌事儿大的吃瓜群众，以至于郭新伦推开厕所门的一刹那，还以为哪里着了火。

  相比之下，一向寡言的赵云伟就淡定许多。只见他掐着半卷卫生纸，不慌不忙地走向洗手池，打开水龙头，连头带脸地浇了个透心凉。

  郭新伦一看赵云伟这么冷静，又想起教练训斥自己心态不稳的话，顿时燃起了胜负心——只见他一个箭步冲过去，把水龙头拧到最大。

  一顿操作猛如虎后，当场水溅三尺。

  这一翻暗斗直看得观众们云里雾里。

  不是说郭新伦要和赵云伟约战吗？

  就这？

  显然，这群已被高强度训练压榨了两个月的小伙子们，期待看到些更劲爆的场面。

  "你在搞什么名堂？"赵云伟躲开两丈，问正在猛劲儿搓头皮的郭新伦。

郭新伦一个标志性甩头,搁谁都想给他打一屏弹幕:清扬,无屑可击。

"不是,你什么意思?"郭新伦紧逼一步,与赵云伟对峙。

这俩身高都是一米九,鼻子对鼻子,眼对眼,可算是有那味儿了。观众们心潮澎湃!

"难道这些人不是你找来的?"赵云伟问。

"我有病啊,找人围观我上厕所!"郭新伦抓过赵云伟的卫生纸,扯下一大块就往脸上擦。

"嗯。"赵云伟点点头,不愧是沉默的羔羊,堪称惜字如金的典范。

这便搞得谁也摸不透他这句"嗯"是对找人这事儿的回答,还是对有病这事儿的回答。

不过赵云伟也不在乎,"嗯"完之后,扭头就走。

"我去!"郭新伦果然不负众望,瞬间被无招胜有招的赵云伟气到举起卫生纸就砸了过去。

赵云伟下意识一个转身、前倾、起跳,愣是在卫生纸到达脑袋之前将其稳稳抓住。接着在一片赞叹声里,事了拂衣去,深藏功与名。

"什么破卫生纸!"郭新伦搓着自己的细皮嫩肉嫌弃道。

站在他身边的老大哥林逸则十分愤愤不平:"阿伦,就这么轻易让他走了?"

郭新伦斜眼看着赵云伟的背影:"难不成还把他摁小便池里揍一顿?"

"可你是来约战的啊!怎么能一句狠话都不撂?"

"约战?他也配?"郭新伦"喊"了一声。

"可咱那一球之仇……"林逸只要提起这茬儿就情绪上涌。

不承想,郭新伦倒是想得开:"我和他没仇,我就是单纯瞧不上他!"

要说郭新伦瞧不上赵云伟这事儿，不算新鲜。

只不过其中带着点儿草根逆袭翻盘的不屑，又透着点儿骄子跌落神坛的怅然，这才成了每个CUBA（中国大学生篮球联赛）球员三杯啤酒下肚之后，人人都要花式吹上的一段牛皮。

虽说这牛皮中的两位主角，和他们半毛钱关系没有，但架不住篮球爱好者们满腔躁动的热血。

事情的起因，还得从CUBA总决赛说起。

当时郭新伦所在的清远大学队和赵云伟所在的北理大学队，上演了一场精彩绝伦的巅峰对决。

比赛最后一节，仅剩十三秒时间，清远球权，北理落后两分且主力队员一伤一罚下。按说只要清远把时间拖死，比赛就没有悬念。

但北理教练显然还想再搏一把，关键时刻叫下最后一个暂停。

暂停结束后，也不知这位教练是不是吃错药了，竟然把经验最足的老牌后卫换下，换上了名不见经传的大一新生赵云伟。

要知道清远的五号位可是有着"CUBA第一后卫"之称的天才射手郭新伦。

这不闹呢吗！

当时所有人都认为，北理教练一定是不想让自己输得太难看，才布置下这么烂的一个战术。

可谁承想，还没等郭新伦持球过半场，他就感受到了赵云伟带给自己的压迫感。

这个赵云伟虽然比赛经验不足，但防守密不透风，再加上他脚步神出鬼没，实在让郭新伦摸不清套路。

"传球，快传球啊！"当时队友这样朝郭新伦喊。

但赵云伟认真坚定的眼神激得郭新伦斗志昂扬。

只见郭新伦压低重心,持球以同样的眼神对峙了两秒,然后一个急转身,想出其不意地晃过对方,从左侧突破。

只是他低估了对方魔鬼般的步伐,就在郭新伦将球带入左侧,但身体还没有及时到位的那0.01秒——赵云伟一个猛扑,直接将球抢断,拼尽全力回冲。

一瞬间,喧腾的赛场安静下来。

本来毫无悬念的比赛变得充满悬念。

时间在一秒一秒流逝,三,二,一——

球出手,哨声响。

篮球在空中划过一道优美的弧线,奔着篮筐飞去,犹如一道耀眼的彩虹,在半空中绽放。

"进了!球进了!一记完美的超远压哨三分,逆转了本次比赛!"解说员激动得几乎要摔掉话筒,来自北理的球迷们相拥而泣。

场上重新响起山呼海啸般的欢呼,为这个身穿0号球衣的球员:

"赵云伟,赵云伟,赵云伟……"

赵云伟被淹没在此起彼伏的呼声里,神情恍恍惚惚。

毕竟在他十八年平凡的人生里,从没有过这等高光时刻。满耳都是自己的名字,举目都是对手不可思议的错愕。

这感觉就像一只每天猛练起飞,但连自己都不信可以飞起来的土鸡,突然跃上枝头,有点儿眩晕。

不,是非常眩晕。

地动山摇的那种晕。

终于,在这无上的荣光里,赵云伟死死抓住胸前那枚限量版科比同款冠军戒指,两眼一抹黑,继而"扑通"一声栽倒在球场中央。

郭新伦是天才，他外线命中率 49.7%，几乎可以和 NBA 顶级后卫一较高下。

郭新伦是球痴，江湖传言他断奶时哭天抢地，但只要扔过去一只篮球，他就能安安静静地抱着啃一天。

而郭新伦这样的天才球痴平生最讨厌两种人，一种是打球没狼性的人，另一种是对篮球没信仰的人。

好巧不巧，赵云伟偏偏两样都占，郭新伦能瞧得上他才是见了活鬼。

但要说郭新伦对赵云伟从头到脚全是嫌弃，那倒也不见得。至少在 CUBA 最后十三秒里，他是真的拿赵云伟当对手的。那一记绝杀带给他的耻辱和不甘，说到底也是没那么快能释怀的。

他只是无法接受。

不是无法接受自己顶着天才光环，却在赵云伟的阴沟里翻了船。

而是无法接受自己输给一个明明赢得很漂亮，心理素质却差到当场晕倒的废物。而令他更加无法接受的是，当初 AUBC 选拔赛时，教练问他们为什么想进 AUBC，赵云伟的回答竟然是入选后有五千块钱奖金。

这话几乎震碎了郭新伦的三观。

他不明白，怎么会有人为了钱打球，而不是为了热爱。

"早知道赵云伟是这种人，当初就不该把他从球场背到医务室，一百六十多斤的分量，晕得跟头猪一样。"

郭新伦抱着台平板电脑，一边看科比的技术分析，脑子里一边回放自己被断球的画面。这倒是应了那句话，嘴上说不在乎，身体却蛮诚实的。

就这样不知不觉，时间过了十二点。郭新伦打了个哈欠，准备洗漱睡觉。

他叼着牙刷晃晃悠悠地走过空空荡荡的床边，突然鬼使神差地停了下来，中邪似的指着那床被褥道："我上辈子是不是得罪了你们赵家，才沦落到和你同一间宿舍？

"也不知道一天天瞎忙啥，早出晚归披星戴月，你拯救地球啊你！

"技术再好又怎么样？心理素质差，一到关键时刻就犹犹豫豫，你当初绝杀我那劲儿被狗吃了？

"就你这沉默的羔羊，不，羊羔儿，我告诉你，我这辈子都不会把你当队友，呸，连对手都不配！"

……

郭新伦这厢正比比画画说得起劲儿，身后突然传来一个阴沉沉的声音："你在和谁说话？"

"我去！"郭新伦一个猛回头，差点儿咬着舌头，一看是顶着张欠费脸的赵云伟，顿时气不打一处来。

"我说你走路怎么不出声啊？"

"我球鞋坏了。"赵云伟扒拉开郭新伦，开始在床头柜里翻来翻去。

郭新伦这才注意到——赵云伟全身湿透，手里拎着双掉了底儿的球鞋，双脚沾满泥水。

"外面下雨了？"郭新伦问。

"嗯。"

"下雨你就不会给我打个电话，非得淋回来？"郭新伦把挂在脖子上的毛巾甩给赵云伟，感觉自己也是操碎了心。

"我没带手机，也没你电话号码。"赵云伟把郭新伦甩给他的白毛巾小心翼翼地还回去，随手用自己的床单擦了擦。

"……忘了这茬儿了！"

郭新伦一屁股坐到赵云伟床头，他隐约记着，有一回熄灯后，赵云伟悄悄从枕头底下拿出手机，蒙着被子给家里打电话。

索性他也往枕头下一摸，果然找到了赵云伟的手机。

只是……这也……

郭新伦看着手里镶满各式按键的小砖头，无心地调侃了一句："妈呀，你还有这么复古的东西呢！"

一直弯腰找东西的赵云伟倏地抬头，看见郭新伦手里的手机，眼神一下子黯淡下来，沉声道："怎么，不让用吗？"

"没……没说不让。"

也不知道为啥，郭新伦感觉自己刚刚好像被赵云伟的眼神狠狠扎了一下，扎得连说话声儿都蔫了，最后只能暗搓搓躲到一旁，磕磕绊绊瞎鼓捣半天，最后终于把自己的号码存了进去。

存完后，郭新伦发现赵云伟还在翻箱倒柜，这大半夜的，他实在是是可忍孰不可忍。

"我说你找什么呢？"

"胶水。"

"找胶水干吗？"

"粘鞋。"

郭新伦再次把目光移向那双掉了底的烂球鞋，道："你那鞋还能穿吗，换一双不行吗？"

"我就这一双。"赵云伟埋着头声如蚊蝇。

得，神不知鬼不觉的，郭新伦又被扎了一下。

"可真是个绵里藏针、戳人心窝子的好手。"郭新伦没来由地燃起一颗恻隐之心，一把将赵云伟薅起来："行了别找了，我先借你一双，你多大脚？"

"不用。"赵云伟倔强地拒绝，重新蹲下身。

"让你别找你就别找了，咋这么磨叽呢！到底多大脚？"

"真不用。"

郭新伦简直能被赵云伟莫名其妙的执拗给气得半死,他起身从床下"哗啦"一声抽出一排鞋盒子:"行,我也不问了,我多大鞋你多大脚!"

说完,挑了双自己平时穿着有点大的AJ,扔给赵云伟,用命令式的语气说道:"你明天就穿这双,别僻里啪啦的,耽误我睡觉!"

赵云伟看了看自己那双惨不忍睹的球鞋,又看了看翻了好几遍的抽屉,过了老半天,才像是受了多大委屈似的妥协:"谢谢。"

郭新伦"嗯"了一声,怄着一口闷气钻进被窝,被子一蒙,他怎么琢磨怎么觉得今儿这雷锋当得实在憋屈。

郭新伦在憋屈中迟迟入睡,又在教练魔鬼般的起床哨中早早醒来。

他顶着一头足以孵蛋的鸡窝,盘腿披被跟尊佛儿似的,连打了十几个哈欠之后,愈发坚信赵云伟绝对克他。

此刻,他真的好想把对床那个家伙揉进被子里狠狠捶一顿。不过很可惜,向来睡得比狗晚,起得比鸡早的赵云伟并没有给他这个机会。

"嗷!"郭新伦内心一声咆哮,甩开被子走进卫生间,迷迷瞪瞪地洗脸刷牙。

等他刚刚洗漱完毕,赵云伟一如既往地带着一身臭汗推门而入。

这货也算有些良心,为了避免吵到他,睡觉从来不脱衣服,起床后也不出动静,每天都是等哨声响起后,才回来洗漱。

困到已经失去灵魂的郭新伦坐在床边,看着对面的赵云伟弯腰整理被褥,心里默默合计:"要是想捶他,简直没有比这更好的机会了!"

"可这么做是不是有点儿不讲武德?"

郭新伦一时间陷入了人性与道德的博弈之中。

这时,整理完被褥的赵云伟转过身,恰好对上郭新伦那双直勾勾且莫名炽热的眼。

赵云伟有点儿不知所措，过了半天，才指了指郭新伦道："那个……你，裤子穿反了。"

"嗯？什么？"郭新伦低下头，才发现自己裤兜朝外。

这就很尴尬了！

万丈豪情的郭新伦瞬间成了瘪茄子，手忙脚乱地开始解裤带儿。

赵云伟端着口杯，面无表情地走进卫生间，"砰"的一声关上门，蹲下来捂着肚子笑出声。

他实在是忍不住了。

赵云伟靠着这个笑话，愉快地完成了一整天的训练。

反观郭新伦，为了阻止这个笑话的进一步传播，注意力全都集中在赵云伟的一举一动上，训练进行得非常心不在焉。

每个人都感受到了这俩今天气场有点儿微妙，就凭郭新伦那每三秒飘过去的一个眼神，就凭赵云伟欠费脸上时不时微微上扬的嘴角，观众们已经不可遏制地浮想联翩。

还不到中午，集训营里就流出了两拨儿流言。

一拨儿主二人"仇深似海"。

另一拨儿主二人"惺惺相惜"。

流言传到教练们的耳朵里，直接导致了他们心血来潮得非要在训练结束后搞一场 2V2 的比赛，想借此改善一下郭新伦和赵云伟的关系。

毕竟他们都是队里重点培养的人才，若是用好了，珠联璧合；用不好，呵呵，整个球队都能被搅成一锅狗屎。

比赛犹如给郭新伦注入了一剂鸡血，他自告奋勇地上前抽签，祈祷自己对上赵云伟，虐他个心服口服。

不承想教练们一番暗箱操作，愣是把两个人从对手变成了队友。

当郭新伦看到自己亲手抽出的纸签上赫然写着"赵云伟"三个醒目大字时，心情堪比上坟。

这是什么狗屁孽缘，郭新伦咬了咬后槽牙，觉得是时候给自己找个大师改改运了。

"那个，教练，我刚才手抖，能不能重新抽一个？"

教练凑上前，一脸讳莫如深："都是命，认了吧！"

然后直接大声宣布："郭新伦、赵云伟对阵林逸、陈晓阳。"

"哇哦！"

俩后卫对俩小前锋，这阵容拉出去足以炸开三里屯儿了吧！

三秒钟前还怨声载道的队员，这会儿就跟生吞了二斤起爆剂似的，个个精神抖擞。

"走吧，练会儿去吧！"郭新伦抱着球从赵云伟身边飘过，脸色比深秋的冻梨还黑。

赵云伟看了看脚下崭新的球鞋，又看了看已经飘到球场的郭新伦，瞻前顾后了一番，终究还是像个小媳妇一样跟了过去。

"砰！"郭新伦随手一扔，球就跟长了眼睛一样，蹦进篮筐。

赵云伟看着郭新伦轻松的姿态，心想：这大概就是天才的底气吧，投篮的时候甚至可以看都不看，只凭手感。

"愣着干什么，投几个，找找感觉，一会儿可别给我掉链子！"郭新伦把球扔给赵云伟。

赵云伟接过球，站在三分线外，也起跳一投，虽然动作不太标准，好歹是进了。

郭新伦在旁边叹了口气："我真想知道到底是谁教你投篮的，姿势也太难看了吧！跟只下锅的龙虾一样！"

这话让本来心情不错的赵云伟有点儿气恼，只见他从正练习胯下运球的郭新伦手里直接将球拦下，还没等郭新伦反应过来怎么回事儿，就已经将球脱手，回敬了一记三分。

"能进不就得了，你管我什么姿势。"赵云伟那张脸可算交费了，他疯狂输出各种表情，但多以愤怒一类为主。

沉默的羊羔儿这是要长牙？

郭新伦突然对这场比赛有了点儿信心，因为上次赵云伟露出这种表情时，他就被赵云伟绝杀了。

教练一声哨响，比赛开始。

郭新伦主攻，赵云伟主守。

两个人从来没在一起打过球，但好在各自技术都不错，吃不了亏。

林逸一方球权时，赵云伟的防守滴水不漏，对方根本无法突破。

赵云伟球权时，他超低的重心和毫无套路可循的运球技巧，给郭新伦创造了无数个投篮机会。再加上郭新伦恐怖的外线命中率，打得林逸和陈晓阳毫无还手之力。

上半场结束，郭新伦和赵云伟领先十二分。

"我现在改站队还来得及吗？我要站'惺惺相惜'！"场下观众议论纷纷。

"我看不一定，你没瞧他们俩都较着劲呢吗，我继续站'仇深似海'。"

"我站'相爱相杀'，你们有人跟吗？"人群中，主教练周家梁突然死皮赖脸地凑过来，强行加入闲聊。

球员们先是集体一愣，而后纷纷点头："还是您总结到位！"

主教练带完一波节奏，狡黠一笑，退出群聊。悄悄把已经被打蒙了的林逸和陈晓阳叫到身边，对他们嘱咐了一番。

下半场一开始，大比分落后的林逸和陈晓阳完全改变了打法，利用身高优势，以不断传球和互相挡拆给队友制造机会，来压制郭新伦的骁勇。

而当赵云伟持球时，两个人又完全无视郭新伦，一起联防赵云伟，不给他传球机会，逼他自己投篮。在两个小前锋的施压下，赵云伟出手犹豫，命中率直线下降。

郭新伦因为得不到球权急得直跳脚，可他越是这样，林逸和陈晓阳就越是死防赵云伟，有几次几乎是贴身肉搏，赵云伟跟朵蘑菇一样，被遮蔽在两棵参天巨树下。

还是一朵缩手缩脚、躲着对手走的烂蘑菇。

很快，比分便被追平。

"你躲什么躲，他们能吃了你啊？"郭新伦吼道。

赵云伟不吱声，一心看着脚下，生怕林逸和陈晓阳再次贴上来，硬生生把球越带越远。

郭新伦气急败坏，算是彻底看明白了。赵云伟就是扶不上墙的烂泥，根本指望不上。

关键时刻，还是要靠自己！

郭新伦鹰视狼顾般地看着林逸，几次抢断都以失败告终，但他还是会一次又一次地冲上去，没有机会就自己制造机会。

这就是郭新伦，球场上，永远打得最凶最猛最不要命：无论什么位置都敢投；无论多难的球都敢抢。可以作为得分后卫外线投篮，也可以像子弹一样飞出去和中锋抢篮板，更可以在毫无空隙的防守网中拼死完成内线突破。

他像一匹杀气腾腾的孤狼，心里有团熊熊燃烧的烈火，眼中只有篮球，没有对手，甚至也没有队友。

训练场安静下来，球员们看着郭新伦一脸认真的样子，差点以为这是一场真正的比赛。

"传球，阿伦快传球！"主教练指了指赵云伟那边的空位，那是个绝佳的三分位置。

郭新伦仿佛没有听见一样，孤注一掷地持球往里冲，没有三分机会，那就拼两分。如果林逸和陈晓阳是挡在他身前的两堵墙，那他就用身体撞碎这两堵墙，哪怕头破血流。

可这种打法，必然伴随着犯规次数的增加，郭新伦这叫伤敌一千，自损八百。

"郭新伦，没时间了，快传球！"教练继续喊道。

郭新伦眼神飞快地扫过赵云伟，赵云伟也做好了接球的准备。

可是最终，郭新伦还是坚持自己上篮。

他的位置太艰难了，这一球还没碰到篮板，就被盖了。

教练吹响哨子，比赛时间结束，郭新伦和赵云伟以三分之差输掉了比赛。

比赛结束后，郭新伦气得直接将篮球砸在赵云伟脚下。

赵云伟来不及躲，反弹的篮球直奔他面门，虽然力量已经被卸掉了不少，但鼻血还是像断了线的珠子一样往外淌。

"你怎么不躲了？躲呀？刚才不是躲挺好的吗？"郭新伦仍旧不解气，上前一把扯起赵云伟的球衫。

赵云伟后退一步，一把将郭新伦推开。

郭新伦再次上前："赵云伟，你到底在顾虑什么，你到底在怕什么？你告诉我，你是背着一座山在打球吗？"

赵云伟也有点儿急了，不是急着还击，而是急着摆脱郭新伦的纠缠。

"你走开！"赵云伟再次推开郭新伦，坐下来用球衫使劲儿擦鞋上的血迹，完全顾不上血流如注的鼻孔。

一瞬间，郭新伦好像明白赵云伟为什么一躲再躲了。他是怕林逸和陈晓阳靠得太近，踩坏自己借给他的球鞋。

可这并不能平息郭新伦的愤怒，反而使他怒上加怒。

他一把将擦鞋的赵云伟薅起来："你搞清楚状况，到底是鞋重要，还是球重要？"

赵云伟下意识岔开两腿，怕鼻血再次流到鞋上，低声回答："鞋坏了我赔不起。"

郭新伦气急败坏道："我在问你，鞋重要还是球重要！"

"鞋重要，跟这场毫无意义的比赛相比，鞋重要！这答案你满意了吗？！"说话声从来没超过五十分贝的赵云伟，突然吼了起来。

两个人的距离极近，近到郭新伦可以闻到刺鼻的血腥味，近到赵云伟可以读出郭新伦眼里那份永远不能被儿戏、不能被亵渎的篮球信仰。

那是他从没拥有过的东西。

对于赵云伟的回答，郭新伦非常愤怒，愤怒到不知该如何反驳。

但和愤怒相伴而来的，似乎还有一种叫失望的东西。

因为那不是一个值得尊敬的对手应该给出的答案，更不是一个热爱篮球的人应该给出的答案。

"既然鞋重要，那你就穿着这双鞋滚吧。滚回你的校队去，别混在这里，给球队丢脸，给篮球丢脸！"

"我凭什么滚？你凭什么让我滚？"赵云伟的眼神里藏着隐忍，"没错，你是天才，我是土鸡。你不是想知道谁教我投篮的吗？我告诉你，没人教我，从来就没人教过我！我是对着村口的皂荚树自己练出来的！还有你们……"赵云伟指着球场上的所有人，吼道："你们不是想知道我和谁学的鬼步运球吗？也没有人，是我和村子里的狗一起练出来的！可那又怎样？土鸡又怎样？天才又怎样？"赵云伟指着郭新伦的鼻子道："还不是照样断你？而且以后，我还要见一次断一次！"

仿佛是要把所有的忍耐都发泄出来，赵云伟头一回说这么多话。

大家本以为先下战书的一定是傲娇小主郭新伦，万万没想到，最后竟然是沉默羔羊赵云伟。

"仇深似海"没跑了。

"你还来劲了是吧,刚才打球时干什么去了?"郭新伦被赵云伟激得怒发冲冠,挥着拳头就要揍人。

队员们一看事态的发展方向有点儿跑偏,赶紧一哄而上,把郭新伦抱住,并一路抱出集训场。

被四五个壮汉架着的小狼狗动弹不得,但挡不住用怒吼发泄心中的愤懑:"赵云伟,我瞧不上你,这辈子都瞧不上你!"

夜色渐深,天气闷热。

郭新伦一个人躺在训练场外的草坪上,连吞了七个冰激凌,即使这样还是浇不灭他心里那团怒火。

"怎么着,这是想吃出胃病卷铺盖回家?"一张略显沧桑的脸出现在他眼前。

郭新伦"嗖"地从地上挺起:"周教练!"

周教练点点头,微笑着坐下来,老半天也没说话,只是平静地看着远方的夜色。

慢慢地,郭新伦感觉自己也没那么愤怒了。于是也学着教练的样子,盯着那片黑暗说道:"教练,我可以问你个问题吗?"

"当然。"周教练道。

"你为什么要把赵云伟选进来,他明明那么差劲。"

周教练没有直接回答,而是反问:"你为什么觉得赵云伟很差劲?"

"他技术是不错,可打球缩手缩脚,顾虑太多。"

"他只是没有你自信而已。可自信这东西,是可以被激出来的,你难道没发现,他被逼急的时候,总能爆发出惊人的战斗力吗?"

"那倒是!"郭新伦虽然不服气,但也不得不承认这是事实。

"可他根本不爱篮球啊,他打球就是为了钱,您该知道,一个对篮球没有热爱和信仰的人,在这条路上走不远的。"

"看来你们俩的误会挺深啊。"周教练站起身,揉了揉腰椎间盘。它也曾陪着自己血战沙场,如今竟然连坐一会儿都成奢侈了。

"走吧。"周教练居高临下地看着满脑子问号的郭新伦。

郭新伦仰头问:"去哪儿?"

"去寻找答案。"

郭新伦没懂周教练葫芦里卖的什么药,但还是鬼使神差地跟了过去。

周教练带着他来到集训场,老远就听见里面传来的篮球砸地的声音。

都快十二点了,竟然还有人在练球。

郭新伦想起每天早出晚归的赵云伟,隐约猜到了是谁。

"进去吧,这里有你想要的答案。"

郭新伦站在门口犹豫着,毕竟他俩今天撕得很难看。

周教练知道郭新伦死要面子,索性当一回助攻,一脚把他踹了进去。

赵云伟根本没发现门口多了个人,只顾着全神贯注地将篮球一个个投进篮筐。然后捡起,再投,捡起,再投,一遍又一遍地重复着这个简单而枯燥的动作。他的投篮姿势还是那样难看,运球的路子依旧魔性。手臂上的肌肉黝黑又坚实,汗水浸透了球衫,胸前的血迹把那枚冠军戒指都染红了。

郭新伦从没见过这样的赵云伟,坚毅、果断,看向篮筐的时候,像士兵看向敌人。

"如果不是胸腔滚烫,他不会从那个连篮筐都没有的村子走出来。如果没有信仰,他也不可能跟自己这么较劲,每天坚持三千次投篮。

你看到他胸前那个冠军戒指了吗？其实那就是他的信仰。你不是最敬佩科比的黑曼巴精神吗？其实那精神一直都在你身边。"周教练声音温和而厚重，有种直抵人心的力量，"他的天赋确实很一般，可有时候，努力也是可以创造奇迹的。"

郭新伦感觉自己好像被什么东西击中了，一时语塞。

"谁在那儿？"赵云伟突然砸过一记篮球。

"是我！"郭新伦接住球，从幽暗中走出来，明亮的灯光打在他俊朗而自信的脸上。

"我不想打架，会被开除的。"赵云伟闷声道。

"谁来找你打架，我有那么闲吗？"

"那你来干什么？"

"我……"郭新伦顿住了，"我，睡不着，随便逛逛！"

"哦，那你去别处逛吧，我还要练球。"赵云伟言下便有赶人的意思。

郭新伦走也不是，不走也不是，像个电线杆子似的戳在那里，人生头一回吃了瘪还不知所措。

"既然你们两个都不想睡觉，不如看点儿东西。"周教练走进来晃了晃手里的硬盘。

"周教练？"赵云伟有些吃惊。

"嗯。"周教练应了一声，一手拉起一个，把他俩拽到了多媒体室，打开投影仪，"你俩仔细看，然后说出对方的五个缺点、五个优点。"

"这真的好吗？"郭新伦嘀咕道。

"有什么不好，就你那球场上唯我独尊的性格，还真以为自己完美无缺是吧？"周教练一句话让郭新伦熄了火。

屏幕上播放的两场比赛分别是 CUBA 总决赛和刚才的 2V2。

这两场都是郭新伦的耻辱之战，他委实没什么心情做赛后分析。

视频播放完，周教练看着别别扭扭的两个人道："说说吧。"

"他就出场十三秒,有啥好说的?"

"那第二场呢?"周教练质问。

"第二场还不就那样,该说的我都说完了。"

"说优点。"

"没优点!"

得,郭新伦小脾气一上来,还真是说啥都不中听。

"你呢?"周教练转头问赵云伟。

"他很优秀,优秀到球场上只看得见自己。"

赵云伟这话让郭新伦很受用,脸上没羞没臊地扬起一抹得意。

"你以为他夸你呢是吧,他损你呢!"周教练看着郭新伦道,"他说你打球太独,不会传球,缺乏团队意识,眼里根本没有队友。"

"那他还包袱太重,瞻前顾后呢!"郭新伦反唇相讥。

"这不说得挺对路子嘛。"周教练严肃道,"再看一遍,这回说优点。"

就这样在教练的专制独裁下,两个傍晚还打得头破血流的死对头,不得不坐在一起,把两场不大完美的比赛看到想吐。

而且还要一会儿商业互吹,一会儿互挑毛病,简直就是大型"精分"现场。

不过气氛倒是融洽了不少。

郭新伦不再只有愤怒和指责。

赵云伟也慢慢发现,原来自己并没有很差劲。

周教练看着两个少年从最初的针锋相对,渐渐学会彼此接纳,最后还能互相提出解决方法,脸上浮起了亲爹般的笑容。

这才是成长,周教练望着两个人越坐越近的背影,觉得时间仿佛在这一刻定格。

但时间其实从来就没有停止过。悄声无息,已经后半夜三点多。

"行了,看你俩也折腾够了,回去睡觉吧,明天上午的训练可以不用参加。"周教练道。

郭新伦和赵云伟一听这话，当即开心得恨不能抱一个，结果"轰"的一声闷雷，把这个美好的动作扼杀在了摇篮里。

"这是，又下雨了？"郭新伦的心情顿时就不美丽了。

"听声音还不小。"周教练抱着双臂，问，"你俩带伞了吗？"

郭新伦和赵云伟一齐摇了摇头。

"我记着储物室有两把。"周教练道。

"我去拿！"不等周教练把话说完，急性子郭新伦已经飞奔而去。

一会儿工夫又飞奔而来，扔给赵云伟一把粉红色小花伞，道："我和教练一把，你自己一把。"

赵云伟看着伞的颜色，有点儿哭笑不得。

"对了，你俩听过一句话吗？"这时，周教练莫名其妙地问了一句。

"什么话？"郭新伦和赵云伟异口同声，难得默契了一回。

"无兄弟，不篮球！"教练说完，夺过郭新伦手里的雨伞，径直冲进滂沱大雨里。

郭新伦和赵云伟面面相觑："教练不讲武德！"

"要不你屈尊和我用一把？"赵云伟死死抱着怀里的小花伞，以防郭新伦现学现卖。

"那还等什么呢？"郭新伦别别扭扭地朝赵云伟靠近了一步。

赵云伟点点头："你稍等。"

说完，坐下来，开始解鞋带。

"我说你能不能先不要管鞋了？"郭新伦跟他真是有上不完的火。

"不行。"赵云伟执拗地回答。

郭新伦蹲下身，气恼着把他解开的鞋带重新系好："你还真打算光脚蹚回去啊？这么大的雨，扎着脚怎么办？不想打AUBC了？"

赵云伟想了想，好像也是这么回事儿。可郭新伦这鞋也太贵了，

他是真的赔不起。

"愣着干什么,再不走鸡都叫了!"郭新伦不管三七二十一,拉着赵云伟直接往雨里冲。

两个人一路狂奔。起初他们还保持一段距离,后来发现这样都会淋到半边肩膀,便不知不觉地靠在了一起,步调一致得像天安门阅兵。

这大概就是身高相同的优势吧。

回到宿舍,这对冤家是真没力气搭理对方了,倒头便睡,一觉睡到中午。

醒来后,已然江湖一笑泯恩仇。

郭新伦为了表示自己不该把赵云伟砸出鼻血,死乞白赖非要请人吃午饭。

食堂里,所有站"仇深似海"的瓜众们都蒙了,这还是昨天那两个人吗?

倒是站"惺惺相惜"那拨人,有种反败为胜的暗爽。

"看吧,我就说他俩是'惺惺相惜'!"

"你瞅他俩那样,相惜得还不够明显吗!"

而作为当事人的郭新伦和赵云伟,显然对这些流言一无所知。光天化日之下,他们就那么勾肩搭背地走进了训练场。

今天周末,训练科目很少,不到两个小时就结束了。

按照以前,郭新伦必然会约上一群狐朋狗友打几把王者,可今天偏偏没那个心情。

因为赵云伟迟迟没走。

"你怎么还在这儿?"赵云伟显然对这样的郭新伦十分费解。

"我再练会儿！"郭新伦回答，内心的潜台词却是：绝对不能被你小子赶超！

"那，一起练会儿？"赵云伟试探着问。

"行啊，打对位呗！"

"好。"赵云伟答应着，已经开始他的鬼步运球。

郭新伦最初非常不适应，后来慢慢找到了感觉，赵云伟再想晃过他，似乎也没那么容易了。

他们俩就这样你来我往练了三个多小时，纷纷累到筋疲力尽。

"歇会儿，歇会儿！"郭新伦先扛不住了，"扑通"一声倒在球场中央，成大字形仰面躺着，大口大口地喘着粗气。

赵云伟坐在他旁边，使劲儿拉着他的胳膊："先活动下，容易肌肉酸痛。"

"要痛一起痛！"郭新伦反手将赵云伟一把按倒，两条大长腿往上一压，也不让他活动肌肉。

被锁死的赵云伟躺在郭新伦身边，突然发现这人幼稚得怕是连学前班都没毕业。

"欸，打这么久，你怎么不喘？"郭新伦拍了拍赵云伟的胸脯。

"可能是从小干农活练出来了吧，不怎么累！"

"干农活还有这功效，赶明儿我也去你家干两天。"

"得了吧，我可不敢使唤您这位大少爷！"

"哎哟，还会开玩笑了！孺子可教啊！"郭新伦伸手要去搓赵云伟的寸头。

赵云伟身子一歪，迅速躲过。

郭新伦不服气了，薅着领子把赵云伟拽过来，非得搓上一把才心满意足。

"对了，你昨天说的那些都是真的吗？"郭新伦突然问。

"哪些？"

"就是……"郭新伦怕伤了赵云伟那脆弱的自尊心，有点儿难以启齿。

"你什么时候也这么磨叽了。"

"还不是近墨者黑。"

"快问，不问我去吃饭了。"

"就是……你和狗一起练球。"

"是啊，当时村子里有四只大狼狗。那时候我就想，人肯定没有狗反应快，如果我连狗都能过掉，过人一定没问题。"

郭新伦若有所思地点点头，心想是时候让家里买几条狗了。

眼见着距离比赛日期越来越近，教练们开始着手研究入选名单和首发阵容。

在周教练的坚持下，郭新伦和赵云伟双双被安排在首发。一个打得分后卫，一个打组织后卫。

"这两个人针尖对麦芒，能配合到一起吗？"副教练们表示非常担忧。

周教练自信满满："那是以前，现在他们可谓兄友弟恭！"

"是吗？我怎么没看出来？昨天训练的时候，他们还互相一顿掐呢。"

周教练神秘一笑："有些事儿不能光用眼睛看，得用心体会。"

"那……试试吧。"副教练们心里终究是没底。

同样心里没底的，还有窝在宿舍里一上午没出去的赵云伟。

只见他捧着胸前那枚戒指，面色凝重。

"放心吧,你肯定能入选！"郭新伦一把扯过戒指,戴在自己手指上。

"拿下来！"赵云伟甩过一记眼神杀。

"哎哟，还你，还你，以前怎么没发现你这么有脾气呢？"

"那是因为你没碰我重要的东西。"赵云伟把戒指藏进衣服里，一副很珍视的样子。

郭新伦突然被赵云伟勾起一颗八卦之心："这戒指怎么个重要法儿，说说呗！"

"如果我对篮球也有信仰的话，那应该就是它了。"赵云伟看着郭新伦一脸期待的表情，不太想让他失望，"我从小就比别人长得高，老师说以后可以打篮球。可那时候，我甚至不知道什么是篮球。直到有一天，村里的扶贫小组来我家，说城里人寄了扶贫物资。我记得那是一个非常漂亮的盒子，盒子里装着一只篮球，还有这枚戒指。我永远都忘不了第一次见到篮球的感觉，就像是……相见恨晚，还有那个寄来篮球的人，虽然我没有见过他，可我一辈子感激他，感激他把我带进篮球的世界。"

"就这？也太狗血了吧？"郭新伦重新从赵云伟衣服里拿出那枚已经褪色老化的戒指，眼中突然闪过一抹异样的色彩。

"赵云伟，如果我们得了联赛冠军，我告诉你个秘密好不好？"

"啊？"

面对这个转折，赵云伟有点儿跟不上郭新伦急拐弯的脑回路。

赶巧儿这时门外有人大喊："入选名单出来了！"

"走，去看看！"郭新伦拉起赵云伟就往外跑。

路人纷纷向他们投来异样的目光，这两个人前两天仅仅是冰释前嫌，怎么突然就关系这么亲近了呢？

"我就说你能入选吧，而且咱俩都是首发呢！"郭新伦用肩膀撞了一下赵云伟。

赵云伟则一副泫然欲泣的模样，颤抖着嘴唇道："五千块，下学

期的学费有着落了。"

这话惹得郭新伦万分不高兴,他就不明白了,明明是个狠人,怎么老是一副熊样儿!

"咱能不能有点儿出息,说几句为国争光之类的豪言壮语?"

赵云伟点点头:"好,毕竟我是全村儿的希望!"

"嗷!"郭新伦想当场打他一顿。

不过看在日后还要并肩作战的分儿上,暂且饶他一次!

偌大的赛场座无虚席,山呼海啸的呐喊震撼着每个人的耳膜。

郭新伦和赵云伟站在场边,做最后的赛前准备。

"转眼我们都来R国半个月了!"林逸拉伸着双腿道。

"可不是,咱一路过关斩将拼到决赛,绝不能掉链子啊!"大块头中锋莫雨回应。

"必须赢!"郭新伦做了个抹脖子的手势。

"喂,你咋又沉默了,羔羊?可等着你组织进攻呢!"林逸搓了搓赵云伟的脑袋。

"嗯,懂。"

惜字如金,这很赵云伟。

郭新伦一看他那欠费样儿,就知道这货肯定又给自己增加心理负担了。

"你放宽心,把他们都当棒槌!"郭新伦点了点赵云伟胸前的戒指,"别忘了,你也是有信仰的人!"

"对,我有信仰。"赵云伟也摸了摸刚刚郭新伦摸过的地方,那里有一腔滚烫。

比赛开始，主场 R 国队对阵客场 C 国队。

这是场关乎国家荣誉的对决，两支队伍全都严阵以待，不敢大意。

前三节双方都非常谨慎，比分焦灼上升，极大地考验着两支球队的耐性。

等到了第四节，R 国队估计是想速战速决，突然改变了打法，加快了场上节奏。

C 国队一时没有适应过来，被对方连得十分，心态越打越崩。

郭新伦一着急，差点儿又犯了单打独斗的老毛病。

好在赵云伟临危不乱，死活不给他传球，只往内线突破，让林逸以身高优势压制对方。

几分钟过后，郭新伦开始明白赵云伟的意图，渐渐冷静下来，等待更好的出手时机。

只是 R 国队显然对他的打法做过详尽分析，防守极具针对性。这样的战术把一向善于投篮的郭新伦防守得死死的。

"战术 1。"赵云伟朝队友比了一个手势。

队友们接到信号，立刻进行站位调整。

持球的赵云伟盯着眼前的 R 国队后卫，慢慢压低重心。只见他身体向左腾挪，篮球却自右侧空位传出。

接到球的林逸转身上篮，R 国队前锋反应极快，马上跳起盖帽。

不承想，林逸一个侧转，莫雨上前挡拆，重新把球传给了外线的郭新伦。

这假动作假得连坐在场边的教练都信了。

郭新伦瞅准机会，起跳一投，一记完美的三分入账。

"漂亮！"队友们互相击掌庆祝。

就这样，在全队的顽强拼搏和赵云伟的冷静组织下，C 国队连追八分。这让 R 国队急躁了起来，但同时比赛时间也所剩无几。

"暂停！"周教练示意裁判。

走下球场时，留给 C 国队的时间，只剩十八秒。

故事总是惊人的相似，CUBA 赛场上最后一幕传奇，仍然让所有人记忆犹新。

"盯死那个魔鬼走位的 0 号，只要不让他断掉我们的球，对方就没有机会！"R 国队教练一如当时清远队一样志在必得。

C 国队教练则拧着眉头布置战术："阿伦，站在你命中率最高的三分线位置，阿伟，你必须把球给我断下来，无论对方谁持球，都给我冲上去，你还有三次犯规机会，可以合理利用。其他人严防死守，给他俩创造空间，千万不要让对方队员干扰阿伦的投篮路线，记住了吗？"

"记住了！"队友们异口同声，势如破竹。

因为所有人都知道，这是生死一搏。

暂停时间到，球员回到球场。

现场很安静，安静得能听到彼此汗水滴落的声音。

郭新伦已经等在三分线外，赵云伟像头小狼一样盯死发球人。

"糟了，R 国队猜到了我们的意图！"场下替补队员看着被两个小前锋围成铁桶的赵云伟，手心捏了一把汗。

发球者更是为了混淆赵云伟的视线，左晃右晃了好几下，才把球发出。

赵云伟将重心压到最低，从铁桶仅存的缝隙中"嗖"地蹿出，动作快得根本就不像人，反倒像一条扑食的恶犬。

不过很可惜，他没有很好的断球机会。

可他也没有气馁，一路穷追不舍，不放弃一丝一毫可以下手的机会。

这种郭新伦式打法，让对方根本吃不消，只能艰难地将球传出。

这下球离开了赵云伟的控制范围，恐怕再难抢到了。

R 国队已经喜上眉梢，C 国队有些不知所措。

眼见着R国队把球越带越远，时间已经不足十秒。

这时，站在三分线外的郭新伦突然冲出，那魔鬼的步伐显然是得了赵云伟的真传。

只见郭新伦一个猛冲，几乎是横着身子扑过去的。

球被断掉，郭新伦因为无法控制身体平衡，重重摔倒在地上。

在他落地的一瞬间，郭新伦奋力将球往前一推。

双方都看穿了郭新伦的意图，毫无章法地上前救球。

但显然赵云伟更懂郭新伦，甚至在郭新伦离开三分线的一刹那，他就已经站在了最有利的接球位置，做好了接球准备。

一个多月披星戴月的额外练习，十万次的投篮配合，已经让两个人的默契成为身体的本能。

赵云伟接到球，就站在刚才郭新伦所在的位置上。

起跳，前倾，挥臂，投篮。

动作标准得无懈可击。

"进了，球进了！"

奇迹总是在永不言弃中一遍遍上演。

当所有人都沉浸在胜利的喜悦中时，只有赵云伟冲向躺在地上、疼得龇牙咧嘴的郭新伦。

"怎么样？伤得重不重？"

"没事儿，小伤，咱们赢了！"郭新伦一手捂着腰椎间盘，一手捶在赵云伟胸口。

"不行，得去检查一下！"

说完，赵云伟背起郭新伦，就往医务室跑。

这一次，他没有晕倒，也没有沉浸在再造奇迹的荣光里。他只是想着：郭新伦，你可千万不能有事。

郭新伦趴在赵云伟背上，看着他的汗水顺着发丝浸透了球衫，不禁想起 CUBA 总决赛上，自己也是这样背着他一路狂奔的。

还真是天道有轮回，苍天饶过谁。

"喂，你记不记得，我说过赢了比赛要告诉你一个秘密的？"

"你说吧，我听着呢。"赵云伟奔跑的脚步依旧充满魔性。

郭新伦把赵云伟脖子上的那个戒指抻出来，晃了晃道："这个戒指，我送的，上面有我的名字缩写！小时候学校组织学雷锋活动，我就把自己最喜欢的东西捐出去啦！"

"什么？"赵云伟猛然一个急刹车，扭头看着郭新伦，一脸"不可能，不相信，不可以"的抗拒表情。

"哈哈！"郭新伦笑得前仰后合，"没想到吧，百因必有果，你的信仰就是我！"

赵云伟恨不能一膀子把他掀下去。

可是掀下去又有什么用？他已经踏上篮球这条不归路了。

就像郭新伦说的，百因必有果。

原来那有关篮球的因果，早早地就埋在了时光里。

ONLY FRIEND

夏日的夜风有些凉,
两人的手臂偶尔碰在一起,
是灼热的少年气息。

ONLY FRIEND
The only one

和后桌的成长纪录片

暴躁别扭小明星 VS 玩世不恭优等生

等登等灯 Text

The Only One

JUST FRIENDS

THE ONLY ONE

和后桌的成长纪录片

打工人也有春天般的美妙幻想。

01

"谁动我篮球了?"

午后的教室里一片安静,趁着课间,不少同学趴在桌上补眠。在这种静悄悄的环境里,这一声不算友善的质问就显得有些刺耳。

问话的人坐在倒数第二排,他很高,大约有一米八六,现在站着就显得更高了。他长得帅,剑眉星目,但此时眉头蹙着,显得有些凶。见没人答话,这人的表情更严肃了:"我再问一遍,是谁动我篮球了?"

教室里的大多数同学都扭头望着他,却没有一个人答话。那人更气了,把手里的篮球狠狠往地上砸了一下,篮球弹得很高,有几个女生被吓得缩成一团。

眼看篮球就要从倒数第二排一路砸到黑板上去,这时教室门被推开了,几个男生先后脚进来。看见弹起的篮球,为首的那人眼疾手快地截住它,将它抱在自己怀里,整个过程行云流水。大家还没看清他是怎么做到的,他就已经站在讲台前,跟倒数第二排的那人遥遥对峙。

"沈博远,你干什么呢?"

砸篮球的沈博远"喊"了一声，坐在前排的同学小声说："他在问是谁动了他的篮球。"

沈博远见一群人进来了，却仍旧没人理他，又嚷嚷道："杨之旭，我看就是你动的吧！"

杨之旭抱着沈博远的篮球没作声，他把手里的篮球转了一圈看了看，发现球上有一大片泥点。

杨之旭抱着篮球走到沈博远面前，说："是啊，是我弄的。"

说完，杨之旭就走到沈博远后边的位置拉开椅子坐下，顺手将手里的篮球扔到教室后边。教室后边的角落是摆放打扫工具的地方，篮球滚在扫把旁边，转了半圈，停在原地。

沈博远气得面色涨红，杨之旭却若无其事地说："小点声，你吵着班上同学休息了。"

沈博远还想再说些什么，杨之旭又说："要么你坐下别出声，要么就把摄制组喊来开机，你自己看着办吧。"

沈博远悻悻地坐下，要不是人在屋檐下不得不低头，沈博远这回绝不会这么轻易地善罢甘休，但杨之旭的确扼住了他的喉咙。摄制组就在教学楼的大厅里休息，若是想让他们进来，不过就是跑个腿的工夫，可沈博远却经不起这打击。

沈博远回头望了望自己的篮球，这是自己最喜欢的球星和奢侈品牌的限定联名款，沈博远费了好大力气才搞到这么一个篮球，拿到教室里显摆了没半天就被泼了泥点子，让他心、肝、肺一起疼。

不过再疼，沈博远也不敢胆大包天地忤逆家里老沈和周女士的意思在摄制组面前丢人。这口气沈博远只能暗暗咽下，等着有机会再找杨之旭报仇。

沈博远的成绩稀烂无比，即使老沈把沈博远安排进了全市最好

的实验中学,也没能挽救不学无术的沈博远。才过半学期,班主任就叫来他的家长委婉地传达了校方的忧虑:依照沈博远这样的状况,实验中学不仅无法带动他,他还有可能反过来拖累实验中学的本科升学率。

周女士心急如焚,跟自己的小姐妹咨询了一圈,不知从哪打听到艺考这条升学之路。周女士回家打量沈博远之后,越发觉得有戏:沈博远个高腿长又帅气,跟电视上的明星也差不多。

最重要的是,周女士跟沈博远商量过后,沈博远也没有表示反对。

周女士说干就干,立刻给沈博远安排了艺考培训。刚上高一,培训课程还没那么繁重,沈博远有一搭没一搭地上着,觉得如果这么轻松就能考上电影学院当上明星,那可真是舒坦极了。

自从沈博远走上艺考路之后,周女士的日常生活就丰富了许多,她的日常已经从邀请三五个小姐妹逛街、搓麻、旅行转向拜访各类机构、专家、业内人士。

周女士望子成龙的心情实在太过迫切,再加上她深入了解电影学院备考生的日常之后,已经陷入深深的焦虑:有的学员已经手拿奖杯,有的自小就有数十部参演作品,有的拍过广告还是网络红人,相比之下自家沈博远除了长得帅之外没有任何优势。

周女士听说贵圈最重要的就是人脉,所以周女士的方向是沈博远努力钻研业务,而她来负责打通人脉。也许是被周女士的真情打动,再加上老沈财力的确雄厚,半年以后有电视台制片人联系周女士,说近期在筹备一个面向学生群体的真人秀节目,希望沈博远能够参加。

节目是让各类不同的学生交换到不同的班级中,展现学生群体的相似和差异,记录他们的成长和改变。沈博远觉得这个节目的设定还挺无聊的,但架不住周女士好说歹说——这档节目会上星播放,是沈博远在观众面前混个脸熟的好机会,再加上老沈又给赞助了一笔,沈博远只好被赶鸭子上架。

沈博远在节目里的设定是从艺考班交换到重点班,拍摄周期为一个月。之所以将拍摄周期定为一个月是因为,时间短了,拍不出东西;时间太长,重点班其他学生的家长又会不乐意——摄像机天天在教室里架着,也太耽误孩子专心学习了。

至今,沈博远刚拍了不到一周。他上午跟着重点班一起上文化课,下午去上专业课。专业课一周三节,因此遇到沈博远不用去上专业课的时候,摄制组就能忙里偷闲放半天假。

而沈博远,则借着这半个下午的时间,雷声大雨点小地发了通脾气,然后被坐在自己后桌的杨之旭呛得没话说。

沈博远的座位是开拍前班主任酌情考虑后给安排的,如果放在前面,一来拍摄会耽误其他学生上课;二来沈博远人高马大的坐前面也不合适。事实上重点班是按成绩排座位的,以沈博远的成绩坐在倒数第二排甚至已经是优待了。

不过每个班上都有个例外,杨之旭就是这样,他虽然坐在最后一排,可这并不意味着他的成绩就是最后一名,相反,杨之旭的成绩很不错,每次考试他都能稳稳地保住前十的名次。可他上课时实在是太懒散,又是个十分不听话的学生,他自请流放到最后一排,老师也没什么办法。

沈博远坐在杨之旭前面,越想越气不过,他埋头生气时,突然发现自己也抓到了杨之旭的小辫子。下节课是物理课,物理老师是全校闻名的魔头,他每节课课前都会进行随堂测验。测验卷是一张薄薄的A4纸,正反面都印着题,全班提前五分钟上课,再加上课堂上的五分钟,一共给他们十分钟的时间答题,谁的测试没及格,谁放学了就要被物理老师留下。所以物理老师严格要求他们在物理课前的课间，不许四处乱逛。而杨之旭刚才偷偷跑出去了。

沈博远想到这里，赶紧转过头瞪着杨之旭说："你刚才翘课！"

坐在后排的几个男生都笑起来，沈博远嗅出其中的嘲讽意味，火气更胜，又道："你们几个，都是跟他一起翘课的！"

杨之旭对他说："打上课铃了吗？又没上课，我出去一趟，有什么问题吗？"

沈博远被他这种轻蔑的态度气得面色涨红，杨之旭又道："怎么，你不会还要告诉老师吧，看着人高马大的，还要玩小学生告密那套吗？"

"不用告密，我刚才已经听见了。"教室外的走廊里传来班主任老张头的声音。他站在教室靠近走廊的窗户边，将脑袋探进教室里，望着杨之旭和沈博远的方向说："杨之旭，还敢翘课，按照班规，写一份八百字的检讨，放学前交到我办公室来。"

杨之旭没想到班主任会突然出现，被噎了一下，微弱地为自己辩解："老师，这是课间……"

老张头毫不心软："课间？都上高中了还想趁着课间东游西逛的，再加二百字！"

大仇得报，还是这么快就让杨之旭遭了报应，沈博远开心极了。看着杨之旭从作业本上撕下一页纸写检讨，沈博远特意转过脸来扬扬得意地盯着杨之旭看。

看了好半天，杨之旭只顾埋头洋洋洒洒地写检讨，压根儿不看沈博远一眼。沈博远感到颇为挫败，低头一看杨之旭的检讨，已经写了半页纸了，再一看杨之旭扔到一边的作业本，中间已经撕下来好几页。看来写检讨对他来说根本不是头一回，杨之旭早就驾轻就熟了。

物理课开讲十分钟后，杨之旭写完了检讨，他龙飞凤舞地签上自己的名字，将笔"啪"地拍在课桌上。物理老师正在前边讲课，听见这动静不悦地放下书本。

"杨之旭，你搞什么呢？别以为自己聪明就能不听课，以我现在的进度，等你上了高二就赶不上了，不信你就试试。"

杨之旭连忙点头表示自己知错了，物理老师仍嫌课堂氛围不佳，又道："杨之旭前面那个同学，你笑什么呢？我讲课就这么好笑吗？那你站起来讲讲我刚才说了什么。"

沈博远怎么会知道物理老师刚才都说了些什么，他只是在单纯地嘲笑杨之旭，没想到还会被点名。如果说物理是一个奇妙的世界，有些人可以在这个世界里自在遨游，有的人在艰难跋涉，有的人刚刚进入这个世界，那沈博远就是连物理世界的大门都没摸着。

沈博远什么也说不出，只好站起来说："老师，我不是这个班的，我是那个录节目的。"

以往班上老师都知道沈博远这个情况，除非节目组要求，否则上课时都会主动跳过他，物理老师却不，闻言便道："哦，你就是那个来录节目的学生是吗？录节目难道就不学文化课了吗？物理是一门奇妙的科学，它能应用于我们生活的方方面面，不要觉得自己走另一条路就能不学物理！"

沈博远讷讷点头，这场跟杨之旭之间莫名其妙燃起的战火，以两人双双折戟沉沙作为结局。听见杨之旭在身后"扑哧"笑出声来，沈博远恼怒地想，从此以后杨之旭就是他的仇人了。

杨之旭坐在沈博远后边，看见沈博远生气时泛红的耳朵。他发现沈博远一生气就容易脸红，大约是因为他太白了，薄薄的皮肤下埋着青色的血管，生气时也不觉得面红耳赤，只像是羞红的粉。

02

沈博远和杨之旭的事情过了没几天，节目组的人不知从哪里听来了那天下午精彩的过招，纷纷遗憾不该偷懒关机，应该时刻架着设备，不然也不会错过这么具有戏剧冲突的素材。

沈博远的跟拍导演是个刚毕业不久的女导演，她私下里跟沈博远商量能不能整个场景再现，遭到了沈博远义正词严的拒绝。

女导演实在需要素材，连忙给沈博远点外卖，请他喝奶茶。沈博远嫌弃地把奶茶杯推远："导演，我又不是你们女生，我不爱喝奶茶，你拿这招讨好我没用。"

女导演连忙把手里的文件当扇子，在沈博远面前给他扇风，顺便继续讨好他："那你说说要怎么着才行？博远，我给你说实话吧，正经上课下课的镜头用不了那么多，你跟同学的互动才是我们这个节目的核心精髓。"

沈博远享受着阵阵凉风，得意起来，拖长音调说："可我篮球还脏着呢，上回过后就没收拾。"

女导演一拍大腿，连声道："好啊！博远，你可真有主意。这样，你让杨之旭给你把篮球弄干净，咱们就拍这段。"

沈博远被带跑了，质疑道："这能行吗？前边的事你也没拍到，这没头没尾的，谁能看明白？"

女导演推着他往教室走，说："不重要，就这样拍。不然你素材不够，剪进节目里两分钟就没内容了。"

沈博远被女导演赶鸭子上架，一开始他还没明白女导演口中的不重要指的是什么不重要。等他在女导演的授意下，找上杨之旭说话了，才知道原来导演的意思是他找杨之旭的最初目的不重要，重要的是他们两人总有一百种方法掐起来。

杨之旭又不知道跑哪去了，回来时还气喘吁吁的，看见沈博远在

自己面前坐下,杨之旭看了他一眼,自顾自地收拾桌子,没搭理他。沈博远被他无视,又不乐意了,他不满地说:"你有空四处乱跑,怎么不把我的篮球擦干净。"

杨之旭没想到沈博远还记着这回事,他看了眼沈博远,又看了眼自己身边立着的摄像机,轻笑一声。

"那天中午班里大扫除,在教室里洒水时,不小心把水溅到你篮球上了,我以为你能理解这种情况呢。不过是我疏忽了,你不在班级值日表里,没做过值日,可能就没法理解吧。"

杨之旭说完,故意笑着说:"我这就跟卫生委员说,你也想加入咱们班的集体生活,要求自己也被排进值日表。"

沈博远想反驳,导演连忙拉住他,低声同他说:"你得融入班级,把自己当成这个班上的一员才行。"

就这么一会儿的工夫,杨之旭已经走到卫生委员身旁,嘀嘀咕咕地说了阵话。卫生委员是个清秀的女生,她扭头犹疑地看了看沈博远,又被杨之旭拉着说了几句,而后杨之旭便喜滋滋地回到自己的座位上。

"给你安排好了,是个好活儿。"杨之旭说。

是什么好活儿,杨之旭没跟沈博远说,只说过几天就轮到他们打扫卫生了,到时候就知道了。沈博远按部就班地跟着重点班一起上课,上了好几天的课,终于轮到沈博远唯一能跟上重点班进度的课——体育课。

沈博远上别的课都非常费劲,常常是整整四十五分钟瞪大眼睛认真听讲,还是感到云遮雾绕,什么也不明白,只有到了体育课上他才重新焕发生机。

错过上一次沈博远和杨之旭的互动,导演组不敢再偷懒,体育课也跟着拍摄。沈博远只好让工作人员都离得远一些,以免打扰到其他同学上体育课。

沈博远上回在教室里闹了一场,班上男生在体育课上组队打球时,就有点不想带他,以往几句话就能分好的队,这次磨磨蹭蹭几分钟也没能分出来。沈博远不是傻子,觉察到是怎么回事以后有些失落。沈博远打算离开,既然没人愿意跟他一起玩,他也不想强行挤在其中,至于在节目里丢脸,那也没办法了。

沈博远刚准备走,杨之旭就开口了,他说:"沈博远跟我们一队吧,我们队缺个中锋。"

沈博远接下中锋的重任,感激地望向杨之旭,见杨之旭仍旧是平时那副表情,又收回自己感激的眼神。

球打到一半,沈博远被对方的队员推倒在地上。其实对方前几次的挑衅沈博远都接住了,只是这次实在是防备不及。

沈博远摔倒了,先前一直未曾挑明但总是若有若无的敌意终于被摊开了。杨之旭伸手把他扶起来,抱着篮球环顾一圈,脸色不太好。

"怎么回事,刚才是谁撞的?"杨之旭问。

没人答话,但所有人脸色都不好,只站成一圈喘着粗气,彼此眼神里都传递出不忿的情绪。气氛明显变得紧张了,连远处的摄制组也意识到了这种变化。他们纷纷犹豫起来,这种情况到底是该继续拍下去,还是应该结束拍摄,交由男孩子们自己处理呢。

跟拍导演却当机立断,说:"继续拍!"导演组便架着设备继续看这场争端会如何收场。

杨之旭见仍旧没有人站出来为刚才的阴招买单,便说:"班里来了新同学,有磨合、纷争很正常,但还是得用光明磊落的手段,别因为一个球,把自己给搞得难堪了。"

这话算是说给沈博远听,也说给其他人听。沈博远明白过来,他搓搓手,说:"那我认个错吧,上回我不该在教室里那么做。"

见沈博远道歉,先前推倒沈博远的同学也有些不好意思,想要站

出来。但沈博远知道摄制组在远处拍着,如果这个同学站出来道歉的片段被播出去,对他影响会很不好,于是摆摆手,道:"大家都别站着了,开始吧,再打一会儿就要下课了。"

杨之旭笑了笑,揽过沈博远,拍拍他的肩头,说:"好了好了,开始吧,还按之前的分队,我得杀你们一个片甲不留。"

先前沈博远也没觉得怎么样,但在被杨之旭揽住肩头的这一瞬间,他忽然觉得十分委屈,他是有点没心没肺,但并不代表他什么都不懂。在重点班人生地不熟的困境,第一次在镜头下被持续拍摄的压力,甚至遥远的不知结果会是如何的艺考压力,在一瞬间通通涌上心头。

沈博远低着头,杨之旭觉察到他的情绪不对,挥挥手让其他同学先开始,自己则站在沈博远面前,低下头去看他的表情。沈博远觉得尴尬又羞赧,偏过头去,不想让杨之旭看到。

杨之旭乐了,他忽然发觉这样的沈博远可怜又可爱。大约是他的表情太可怜了,杨之旭竟然不由自主地放软声音,像安抚小孩子似的抚着沈博远的背给他顺了顺气,说:"好了,体育课不是你的高光时刻吗?错过这节体育课,再想耍帅就得等到下周了。"

沈博远还是有点伤心,杨之旭又把头探到他面前,说:"你要不想打篮球,咱俩就去玩点别的,乒乓球、羽毛球、足球、排球,你想玩哪个?"

沈博远皱了皱鼻子,嘟囔道:"别跟哄小孩似的哄我。"

杨之旭嘿嘿一笑,说:"我没哄小孩,我巴结明日之星呢。"

体育课结束后回到教室,沈博远在前排上课,杨之旭给自己身边的摄制组递了张纸条,上边写着:"体育课上的事情就别播了,本来只是小事,别被镜头放大了。"

两天后沈博远才知道，杨之旭给他安排的好活儿就是打扫班上广阔的室外卫生区。照理说这的确是个好活儿，在室外游荡比在教室里坐着要舒坦多了，但重点班的卫生区也比较重点，那是学校的操场，整个操场尽数承包给重点班了。

杨之旭从教室后边的角落里拿了两个扫把，一个递给沈博远，一个拿给自己，说："走吧。"

沈博远诧异地反问他："干什么去啊？"

杨之旭说："打扫卫生啊，卫生委员说排不开了，只能咱俩一个小组，就从今天中午开始，每周两次。你看看，这时间安排得是不是很巧妙？你一周上三节专业课，打扫两次公共卫生区，校园生活安排得明明白白，多么充实。"

杨之旭说完，周围的工作人员忍不住低声笑起来。沈博远觉得自己被杨之旭涮了，但是摄像机在一旁拍着，他只好硬着头皮接过杨之旭手里的扫把，跟在他后边去了操场。

这么热的天操场上连踢球的人都没有，只有杨之旭和沈博远。塑胶跑道极为吸热，刚一进入操场，沈博远就觉得自己的脚底板快要被烫熟了。他看着前边大刺刺带队的杨之旭，眼神越发愤愤。

杨之旭走了一会儿，又回过头反问沈博远的跟拍导演："播出的时候会给我们素人打码吧？"

跟拍导演愣了一瞬，说道："如果你有这种需求，我们会在后期制作的时候打码。"

杨之旭便笑了起来，说："那就好，免得以后沈博远成大明星了，他的粉丝发现我还这样折磨过他，跑来围堵我。"

沈博远气得拿扫帚打杨之旭，一边打一边说："知道我以后要当大明星还这样折磨我，我现在就抽你，不用等以后了。"

杨之旭有一搭没一搭地躲着沈博远,偏偏他的动作非常灵活,沈博远追了好半天,居然一下也没打到杨之旭。杨之旭跑远了些,笑着说:"沈博远,你可不能现在就毁了观众缘啊。我们都是珍贵的路人,以后你的作品是一星还是五星,都在我们路人手里呢。"

节目播出时,摄制组给这段情节加了一个分外唯美的滤镜,留下两人嬉笑打闹的慢动作,整个画面被调成有些偏洋红的色调,像夏日黄昏里绚烂的晚霞。

男生的敌意来得快,感情也来得快。一起去操场晒了一中午太阳,沈博远就觉得杨之旭没那么讨厌了,甚至觉得杨之旭讲话还挺有意思的。

沈博远觉得一个人有意思之后的显著表现就是会拼命地找这人聊天,但是杨之旭不是随时都有空陪沈博远说话,他还得读书、上课、写作业,沈博远就觉得有些失落。他第一次觉得,原来别人在读书的时候自己无所事事是一件这么没劲的事情。

沈博远在回家路上对着摄制组的镜头发表了内心剖白:"说实话吧,今天看着杨之旭在埋头刷题,不跟我聊天,我倒没生气,就是有点羡慕。其实我也挺聪明的,但我之所以没成读书那块料,就是因为我小时候学习习惯没养好,现在我也是悔之晚矣。所以观众朋友们一定要引以为戒,养好学习习惯。"

跟拍导演问他:"可你现在也只是刚刚高一,为什么不努力向你的好朋友杨之旭学学呢?"

沈博远愣住了,他一向是语言上的巨人,行动上的矮子,况且他压根儿也没想过这事,愣了好一会儿他才挥挥手,说道:"这不重要,这段结束,导演,还不下班吗?"

沈博远结束了一天的拍摄回到家，周女士已经做好了一桌菜等着他，就等一边吃饭一边听沈博远汇报这些天的拍摄情况和学习情况。

沈博远把篮球的事还有杨之旭这几天的事给周女士做了一番汇报，周女士拿起筷子敲了下沈博远，说："你这孩子，怎么这么霸道，篮球脏了就脏了，回来洗洗不就得了。你从小到大玩坏了多少篮球，我也没见你怎么样。"

沈博远不满道："妈，那能一样吗？我把这篮球弄回来多不容易，再说了，上边还有亲笔签名呢，签名被洗掉了怎么办？"

周女士说："那谁让你带去学校臭显摆的，你活该。"周女士又说，"不过要是没有篮球这回事，你也不能跟杨之旭熟悉起来，你俩也算不打不相识。你就多跟杨之旭一起玩，他又聪明又会读书，也能把你往好的方向带一带。"

沈博远更加不满，嚷嚷道："妈，你这什么意思，难道我不好吗？"

周女士连忙哄他，说："好，但我的意思是你得更好点儿。我听说重点班的学生每晚还要上晚自修，不然你也去吧。这一个月的时间多宝贵啊，不光是能录节目，最重要的是能让你体会一下重点班的学习氛围，平时你就是想去，学校还不让呢。"

实验中学没有强制晚自修，大多数学生放学后都有各自的补习班要上，晚自修对学生而言意义不大。但实验中学也没有取消晚自修，学生可以自由选择是否参加，给足了学生自主选择的权利。

沈博远没想到跟杨之旭玩还能玩出个晚自修来，不由得叫苦连天。周女士安抚他说："你去上晚自修，妈给你送饭，你好好努力，三年的时间还得去掉寒暑假，很快就过去了。"

沈博远的反应无比机敏，皱着鼻子说："平时上课都骗我去上晚自修，寒暑假还能不给我报补习班？"

不管怎么说，沈博远还是被迫参与到实验中学的自主晚自修中，重点班上晚自修的人的确不多，但杨之旭倒是在。杨之旭跟着一群男生从外面走进教室，看见愁眉苦脸抱着书包坐在座位上的沈博远，忍不住笑出了声。

沈博远充满怨念地瞪了杨之旭一眼，等杨之旭坐在座位上了，才转过头对他说："杨之旭，以后你得带我玩。我是因为你才来上晚自修的，你要不带我玩，我回家没法跟我妈交差，她又得念叨我。"

杨之旭没弄懂上晚自修和给他妈妈交差之间有什么关系，但他看到沈博远吃瘪的样子就想逗他，便道："那又怎么样？我有我的事呢，怎么带你玩？"

沈博远被杨之旭拒绝了，心里有点不舒服。

沈博远不满地小声说："你有什么事！每天神神秘秘的，装什么日理万机的大人呢。你带我一起，我还能帮你找回童年的天真快乐。"

杨之旭继续逗他："那行吧，既然你这样说了，我就得看你表现，如果你再乱发脾气，我就不带你玩。如果你保证以后不发脾气，我就考虑考虑。"

沈博远连忙竖起三根手指贴在脑袋旁边，说："我保证以后都不乱发脾气了。再说了，我录着节目呢，我也没法发脾气。"

杨之旭想起沈博远前几天还因为自己乱发脾气的事情委屈地道歉了，看来沈博远的忘性更大，他低头笑了笑，觉得沈博远有点可爱。杨之旭对沈博远说："好了好了，手别举着了，接受你的投降。"

沈博远眼睛一瞪，怒气冲冲道："我没投降！"

眼看他又要发脾气，杨之旭斜眼望向他，沈博远只好张开嘴巴眨眨眼，最后憋着气转回自己的座位去了。

04

沈博远的节目录到一半,节目组举行了一个嘉宾聚会的特别活动——几个参加节目录制的学生经由节目组的安排,一起录制一期特别节目。

这天是周六,实验中学在开家长会,沈博远因为要录制特别节目,所以没来。除了他之外,其余的同学都到场了,家长和学生挤在同一间教室里,把不大的教室挤得满满当当。坐在教室里的杨之旭颇为惹眼,他身边坐着一个显然精神状态和脾气看起来都不太好的中年男人,那正是杨之旭的爸爸。

杨之旭的爸爸喝了一夜的酒,但仍记得第二天是杨之旭的家长会,并不是他有多么关心自己的儿子,只是因为杨之旭还算不错的成绩是唯一一个能让这个中年男人感到自豪的东西。

杨之旭的班主任老张头跟他爸爸是高中同学,所以老张头平时会多多关注杨之旭。当天,面对显然喝醉酒不适合出现在人多的场合的老杨同志,他也睁一只眼闭一只眼放他进了教室。

"看好你爸,别让他在家长会上闹事。"老张头叮嘱杨之旭。

杨之旭点了点头,搬着小板凳坐在老杨身边。老杨醉得意识都不清醒,还好杨之旭没有同桌,除了坐在前面的沈博远妈妈转过头看了一眼,没人关注教室后面。

一场家长会开得有惊无险,老杨虽然醉着,到底没生事,杨之旭心想算是过了一关,跟着老杨打算回家。两人走到学校门口,家长们三三两两都出来了,校门口热闹无比,但杨之旭没想到醉眼蒙眬的老杨眼神就那么好,偏偏就看到了那个男人。

一看到那人,老杨浑身便气血上涌,连跟在他身边的杨之旭都感受到了杀气,反应如此机敏的杨之旭也没能拉住老杨。等杨之旭回过神来,老杨已经把人按在地上猛揍起来。

校门口一片惊呼,好几个家长连带着学校门前的保安合力才把老杨拉开,杨之旭探着脑袋一看,那男人已经被老杨揍得灰头土脸的了。

老杨泄了愤,穿过人群,揽着比他高出半个头的杨之旭,心满意足地说:"走,儿子,咱回家!"

那模样,仿佛酒都醒透了。

沈博远录完节目回家就听周女士绘声绘色地说了学校门口的那场闹剧,周女士说起来还心有余悸:"你没瞧见那场面,真的挺吓人的,儿子。"

沈博远没回应,心底里偷偷想,这么精彩的一场闹剧,竟然因为录节目给错过,没能亲眼看见,实在是太遗憾了。

沈博远回到房间,发现万年不肯冒泡的杨之旭居然破天荒地给他发了条消息:"来卫生区打扫卫生吗?"

大周末的,打扫哪门子的卫生,沈博远转念一想,杨之旭一定是有事跟他说。一想到看着跟个小大人似的杨之旭也有要找他倾诉的事情,沈博远就在心理上觉得扯平了,于是美滋滋地出了门。

两人约在操场见面,见面后,杨之旭和沈博远躺在操场高高的平梯上边。平梯上有许多平行的横杆,既能坐在上边,也能躺着,但沈博远从没试过。所以沈博远双手抓着栏杆,紧张地问杨之旭:"我不会掉下去吧?"

杨之旭笑了一声,说:"你抓紧了就不会。"

沈博远听出其中的嘲笑意味,想在杨之旭面前表现一把,又实在害怕自己掉下去,只好给自己找借口,说:"我不是怕掉下去,我是怕摔坏我这张帅脸,你知道吗你?"

杨之旭又笑了一会儿,才问沈博远:"我说,你是不是从小到大都没磕过碰过?"

沈博远连忙反驳："怎么可能，你是不是把我想成那种十指不沾阳春水的'弱鸡'了，我可不是那种人，我打球也经常受伤的。"

担心杨之旭听完质疑他，沈博远甚至准备展示自己身上的伤疤。有一年沈博远打球时把膝盖和手肘连带着一起磕破了，按照周女士的话来说就是碗大的疤，至今还没完全消下去。

但杨之旭听完只是笑了笑，说："真幸福。"

沈博远不明白杨之旭说这话是什么意思，但他看得出来杨之旭这回的笑跟先前的笑不一样，这次不是在嘲讽他。于是他从鼻子里哼了一声算作回应，被杨之旭听到，后者又笑了笑。

"我爸经常揍我。"杨之旭突然说。

沈博远听完，沉默了一会儿，然后突然说道："不是吧杨之旭，你怎么突然进入温情环节了，太突然了，我还没做好准备！"

杨之旭拍了他一把，没好气地说："没准备好老实听着就得了，没指望你有什么回应。"

沈博远被拍了下，这才乖了，他"哦"了一声，老实地听杨之旭说话。天已经有些黑了，天边云霞灿烂，黑夜缓慢地向前推进，夏日的黄昏很漫长，半黑不黑的时刻，杨之旭同时坐在光和影里。

"小时候我爸也对我很好，直到后来我妈跟别人跑了。我长得有点像我妈，我爸算是……因爱生恨？"说到这里，杨之旭笑了一下，然后说，"我爸今天在学校门口揍的那个人就是我妈的新对象，我上小学三年级的时候，她跟这男人远走他乡，不再跟我们联系。不知道什么时候他们又回来了，我上高中之后发现这男人在学校门口的巷子里开了家裁缝铺。"

学校门口只有一家裁缝铺，沈博远也曾去过两次，要不是杨之旭提起，沈博远对这种店面并没有什么印象。他只记得老板是个白净文弱的中年男人，戴眼镜，脖子上挂着皮尺，看不出是能做出这种事的人。

杨之旭长舒一口气，笑起来："你不是老问我为什么总是偷偷摸摸溜出去翘课吗？其实我是去找他了。"

杨之旭说完，沈博远诧异地望向杨之旭。杨之旭低头不好意思地笑了一下，在黄昏的光影中，他一贯飞扬的眉和上扬的嘴角都隐没在阴影中，只有纤长的睫毛，如同羽翼一般，挡住他的眼睛。沈博远鬼使神差地伸手碰了碰杨之旭的眼角，指腹触到一点点湿润，杨之旭连忙转开脸。

"他家的店跟学校挨着，我经常带人翻墙到他家店里捣乱，有时候是堵着门不让他好好做生意，有的时候是故意上门找碴，反正只要我想起这事，我就要带人过去一趟。"杨之旭低声笑着问，"我是不是特别幼稚？"

沈博远点点头，认真地说："有点。"

杨之旭舒心地笑起来："我爸来开家长会的时候，我既怕他看到那个男人，又怕他看不到那个男人，其实挺没劲的对吧？打他一顿，我妈也不会回来了，我天天让人去他店里折腾，除了给他添点乱，也改变不了什么。我觉得没意思了，以后不想跟他计较这些了。"

沈博远沉默了一会儿，问杨之旭："杨之旭，我能问问你吗，你为什么跟我讲这些？"

杨之旭停顿了一下才说："还能因为什么，你再过几天就要从我们班走了，以后跟我不在一个教室里。我给你说了，你也不会天天在我面前同情我，我没有心理负担。"

沈博远闻言捶了杨之旭一拳，杨之旭吃痛，这才老实说："因为把你当朋友，感觉你傻了吧唧很天真，不会因为这种事对我有别的看法。"

这话在沈博远心里很受用，沈博远连杨之旭说他傻这事都忍下了，得意地说："那你就这么不跟他计较了，不觉得一口气没咽下去吗？这有什么意思，要放下也得轰轰烈烈地放下，跟我走！"

05

因为是周末,没什么学生,入夜后校园门口的小店大多数都关门了。裁缝店前边是店铺,后边紧贴着学校围墙的是那男人的自家院子。沈博远和杨之旭摸到裁缝铺的后面,到了院门前,沈博远走上去"砰砰"地敲门。

没过一会儿,院子里有人拖着行动不便的腿一瘸一拐地走到门前,问:"谁啊?"

沈博远看了眼杨之旭,用自己学表演时的嗓音,恶声恶气道:"来找你算账的!"

安静了一会儿,里面的人将门打开。裁缝看见杨之旭,也没露出诧异的表情,只道:"进来吧。"

杨之旭没说话,也没动弹。当年母亲跟着这人走时,杨之旭还小,现在面对面看着他,杨之旭心中百感交集,既有恨,也有怜悯——人到中年,被打了一通,凄凄惨惨的,着实有些可怜。但杨之旭转而又想,难道自己不可怜,老杨不可怜吗?

长久没说话,沈博远又在背后捶了下杨之旭,怕他关键时刻掉链子,杨之旭回过神来,说:"我就不进去了,嫌脏。"

裁缝没有强求,只站在门口,问:"这么晚来,有什么事?"

他这样一副态度,杨之旭反而觉得一拳打在棉花上,显得自己特没劲。他上下打量了一番裁缝,老杨下手时没客气,一拳一脚都用尽全力,裁缝现在的脸仍青一片紫一片,腿大概也伤到了,走路不便,站着时也用脚尖点着地。

杨之旭看完,说:"没什么事,就是来看看你遭报应后是什么样。"

裁缝扶着门笑起来,说:"那你已经看过了,之前堵人的事也都是你找人做的吧。小旭,我能理解你的心情,所以我不会说什么。"

杨之旭被裁缝的态度弄得无言以对,扶着门框站了好半天,他才憋出一句最想问的:"她呢?"

裁缝半侧过身,说:"在里边辅导孩子功课。"他摆出一副邀请杨之旭进门的样子,"我儿子在实验中学附小读书,她今天去给儿子开家长会,我原本是去学校门口接他们的,你如果在校门口再多等两分钟就能看见她了。不过现在你想进去坐坐也行。"

沈博远小心翼翼地觑了眼杨之旭的神色,他说不清那一刻杨之旭脸上的表情,好像有解脱、怅然、失望,又有些茫然。

好半天,杨之旭匆忙地说:"不用了。"

沈博远跟在杨之旭身后,见杨之旭越走越快,连忙追上他,追上了才发现杨之旭好像在哭。他压抑的哭声飘散在夜色里,眼泪和幼稚的少年时代通通被甩在身后。

沈博远跟着他闷头走了好一会儿,才发现两人一直绕着学校转圈,沈博远拉住杨之旭。

"杨之旭,你先停一下,你要是不开心,我就带你去一个能解压的地方。你现在别乱走了,跟着我走。"

杨之旭跟着沈博远来到一个关着门的小剧场里,沈博远从口袋里摸出一把钥匙,把门打开,但没开灯。随后,他招招手,领着杨之旭进去。

"这是我们培训班集中训练的场地之一,平时好几个培训机构一起租用,大家轮换着上台表演,我跟老师关系不错,混了把钥匙。我跟你说,你要是不开心,你就想着台下都是人,把不开心说给他们听,说完你就高兴了。"

杨之旭站着没动,沈博远又说:"你听说过'国王长着驴耳朵'的故事吗,说出来了才会解脱。"

杨之旭问："这故事是这个意思吗？我怎么记得不是？"

沈博远推着杨之旭往里走，说道："杨之旭，你好烦啊，你就当我是引经据典不行吗？给我个面子！"

沈博远的手很热，贴在杨之旭的背上，杨之旭觉得那股热流穿过他的身躯，捂得他的心口也暖烘烘的。

杨之旭和沈博远借着手机手电筒微弱的光摸到舞台边，杨之旭狐疑地问沈博远："这能行吗？连灯都不开，怎么看都觉得是恐怖故事吧。"

沈博远挠挠头，说："我怕开灯了招来保安。"

对上杨之旭的表情，沈博远眼一闭心一横，说："那好吧，你在台上说，我在门口给你挡保安，既不听你的心里话，让你想说什么就说什么，又能给你当门神，怎么样？哥们儿够意思吧。"

杨之旭"喊"了一声："沈博远，你怎么活儿还没干，就先给自己邀功啊？"

沈博远连忙把灯打开，然后一溜烟跑到门口。出门前他望向杨之旭的方向，看见他在舞台上的影子被拉得很长，显得孤零零的。昏黄的灯光下，杨之旭一开始站着，而后坐在舞台的边缘，晃荡着他的小腿。沈博远看了一会儿，舞台灯照射下的杨之旭的身影也不过是少年的纤瘦和脆弱。

平时总是装大人，现在看来，他也跟自己一样，是个小屁孩。沈博远想。

杨之旭从小剧场里出来时，沈博远正坐在剧场门口的石墩上等他。见他出来，连忙迎上去，问："怎么样，是不是特别解压？"

杨之旭点了点头，说："都说出来以后好像是好了点。"

杨之旭没有在这个话题上过多讨论，只环顾一圈，问："保安呢？"

沈博远挠挠头，说："原来这地方晚上根本没有保安，我在外边喂了好半天蚊子。"

沈博远和杨之旭对视一眼，两人都不由自主地笑出声。

杨之旭说："谢谢。"

两人并肩往前走，夏日的夜风有些凉，沈博远和杨之旭的手臂偶尔碰在一起，是灼热的少年气息。

从那以后，杨之旭和沈博远的关系好像突然好了起来，呈现一种突飞猛进的状态。如果说前段时间他们还经常拌嘴吵闹，那现在完全好得快要能穿一条裤子了，沈博远恨不得把自己的课桌搬到杨之旭身边，跟他做同桌。

只可惜这一想法被杨之旭严词拒绝了，理由是自己身边的位置要留给摄制组。如果沈博远搬到最后一排，摄制组就得站在墙里边了。

跟拍导演也最喜欢看两人说话逗乐，沈博远每次跟杨之旭说话时，跟拍导演都要对着他们拍下来，生怕错过一点儿细节。

沈博远被这么拍了几天，终于反应过来，问跟拍导演："你怎么老拍我跟杨之旭说话，你不能因为他长得帅，就把他安排成我这段的男二吧。"

杨之旭正在抄上节课的笔记，闻言便插话道："这有什么不明白的，主要是因为我长得帅；其次呢就是，你只在跟我说话的时候不像问题学生，看起来只像个需要多多关心的乖学生。"

沈博远被杨之旭长篇大论地好一顿嘲讽，气恼地转过去，没过一会儿又转过来，说："别臭美了，我是我们训练班里公认的最帅，整个教室里就没有比我更帅的人。"

这时杨之旭的笔记已经抄完了，他合上笔记本，笑着点点头，说："行，你最帅，行了吧。"

沈博远看看杨之旭,又看看笔记本,末了道:"那你也借我抄抄。"

杨之旭道:"不就在黑板上写着吗?"

沈博远说:"不是这节课的!"他有些不好意思地抿抿嘴唇说,"我的意思是,整个笔记都借我抄抄。"

导演组给这个节目原定的目标是:所有交换学生都在某些方面实现一定的改变,当然最重要的改变仍然少不了学生的主业——学习方面。

但这方面的改进在整体的节目录制中体现的却少之又少,因为学生上到高中,学习习惯几乎已经定型,想要改变不是一朝一夕的事情;再加上这毕竟是个节目,能因为录制节目而改变习惯的人也并不多,故意演出来的改变又太生硬,倒是沈博远的改变显得水到渠成。

所以沈博远就成了节目组的救命稻草,谁也没想到开拍前成绩最堪忧的沈博远现在居然有主动要抄笔记的一天。这边沈博远话音刚落,跟拍导演的眼睛都亮了。

杨之旭大方地将笔记本交给沈博远,说:"要是有看不懂的地方就来问我,全程免费解答,服务周到,童叟无欺,记得五星好评。"

沈博远没好意思跟杨之旭说,如果要问,估计就得从头问到尾。他准备先试着看看,等确实不会了再去烦杨之旭。沈博远觉得自己跟杨之旭各方面都挺投缘,想必在学习方面也会有心有灵犀一点通的那一刻。

沈博远一直觉得自己不比杨之旭笨,但他熬了几个夜抄完杨之旭的笔记后,发觉自己还是没怎么弄懂。他只好捧着笔记本奉上,请求杨之旭的指点。

杨之旭倒是真的很会教,四两拨千斤,先把基础内容里的重点给沈博远讲完,又按程度一级一级提升。节目收官时杨之旭还差一点内

容没讲完,反倒是他觉得有点遗憾。

"算了,今天讲不完了,明天你的节目就录完了,只能你自己慢慢领悟了。"杨之旭说。

艺考班在重点班的楼上,艺考生课业繁忙,又各有安排,闲到能上下楼串门的人少之又少。更何况沈博远平时被安排的事情和活动又很多,因此一旦离开这个教室,沈博远和杨之旭之间亲密无间的关系好像就要结束了。杨之旭又是那个懒懒散散坐在最后一排的学生,沈博远也是那个等待着成为明日之星的学生,只是他们不再同时出现了。

跟拍导演给沈博远做了最后一次后采,问沈博远在这一个月的录制里有些什么收获。沈博远坐在高脚椅上想了一会儿,想到了在剧场门前喂蚊子的那一夜。

"收获最大的,好像不在节目录制的内容里,但是没有节目的录制,我也不会有这样的收获。"沈博远说。

跟拍导演又问他:"那节目结束后,你有什么愿望吗?"

沈博远又想了一会儿,说:"这个我得保密。"

重点班的拍摄设备通通撤出,班级又恢复了日常的平静,其实拍摄原本也不怎么影响他们。沈博远的拍摄主要集中在最后两排,对坐在前排的同学们来说,他们照常上课,只不过是做了一个月的背景板。

没过几天,老张头领着一个人进了教室,让正在上自习的同学们抬起头来,停下手中的事欢迎新同学。

当时,杨之旭在最后一排撒野称霸,椅子快要支到最后的墙上,看清来人后,他差点从椅子上跌下来。

沈博远背着书包、抱着篮球做自我介绍："相信大家都认识我了，但我还是要自我介绍一下。我叫沈博远，今天刚来的转班生，希望大家以后多多照顾。下课以后，我请大家打球。"

杨之旭冲着沈博远招招手，沈博远终于如愿以偿地做了杨之旭的同桌。他从书包里把笔记本掏出来，说："现在可以把剩下那点儿内容给我讲完了吧。"

杨之旭莫名有种大团圆一般的浪漫温情，这种情绪还没展开，老张头的粉笔头就精准地落在两人的课桌上："你俩坐同桌是我特批的，但你们要再这么嘀嘀咕咕地讲话，就一人坐一边，给我天各一方！"

杨之旭连忙捂着嘴，冲沈博远点点头，沈博远回了他一个"wink"，杨之旭连忙转开了脸。

他的目光最终落在教室最后面被沈博远抱进来的篮球上。杨之旭眼尖，发现这正是那天被溅了泥点的那个篮球。

杨之旭又转回头，望向托着下巴努力听课的沈博远，笑了起来。

杨之旭忽然想起和沈博远熟悉之后，有一天沈博远突然跟他坦白，说当初因为一个篮球那么生气，实在是因为篮球太贵，得到的过程又太艰难。

那时杨之旭还跟沈博远开玩笑说，再贵的篮球，最大的用途依然是用来投篮。

现在杨之旭明白了，有时它也承载着可爱又吵闹的回忆以及无可替代的珍贵心意，会变成填满内心的柔软碎片。

节目组让所有参加节目的嘉宾在收官后都写一段收官感想，准备作为最后的煽情环节。沈博远的跟拍导演看完沈博远写的感想，最后把它完整地呈现在了节目中：

"长大，有时候是从孩子变成大人；有时候是从大人变成孩子。那些被记录下来的瞬间,还有无法展露的心事,都是长大这个过程里的点滴注脚,而正文则是被塞进教室里的漫长的夏天、躲在树荫下仍旧感受得到的毒辣的日头、被喂了蚊子的夜晚,还有我们共享的心事、苦乐以及明天。"

ONLY FRIEND

他们这两条平行线相交后并**不是**再次分开，而是会再次相交。

ONLY FRIEND
The only one

一路向北

西子尘 Text

活泼热情留学生 VS 温柔高冷学霸

JUST FRIENDS

THE ONLY ONE

一路向北

TEXT 西子尘

喝奶茶第一名，二十三线闲聊小天才。

ONE

飞机向上爬升了二十分钟后，机身终于不再颠簸，程路的心情也平静了很多。

程路的焦躁一半是因为戴着口罩呼吸不畅，另一半则是因为他的邻座。起飞前，这位邻座就不停地在发微信，直到空姐开始做起飞前的检查了，这人仍旧没有停下。

程路最讨厌这样的人，不把自己的生命当回事就算了，这可是关系到整架飞机乘客的安危。他斜着瞟了一眼，这人看起来和自己年纪差不多，程路用手肘推了推他，说道："要起飞了。"

这人抬眼看了下，又低下头。

"要起飞了。"程路又推了他一下。

这次他头都没有抬，只是手指打字的速度更快了些。

飞机开始缓慢滑行，程路斜着眼紧盯着这人，看到他终于将手机电源关闭了。

程路极为不满地闭上眼睛，听到旁边传来低沉的男声："我的手机打字速度是每分钟五十字，当时距离起飞还有五分钟，我需要发送的消息是235个字，如果不是你推了三下，我应该能在空姐坐回椅子前发完信息。"

程路眼皮都懒得睁开，心想为什么要跟神经病搭话。年纪轻轻居然有病，程路在心里为这个帅气的男人感到惋惜。

到了发餐的时间，程路接过空姐递来的食物，然后将热咖啡放在小桌板的一角，刚准备吃餐包时，飞机剧烈抖动起来，广播重复响起："飞机受气流影响有轻度颠簸，请您不要担心……"

程路一点儿都不害怕气流，只是冒着热气的咖啡显然也受到了颠簸影响，在杯子里不停地晃动。他端起咖啡，想喝掉又太烫，放在桌板上又怕洒出来，于是，他就半举着咖啡杯，随着飞机的颠簸，手也跟着晃动来保持平衡。

此时，邻座的男人将杯子从程路手中接走，重新放回小桌板的凹槽里，把纸巾折了折，垫在杯子下方，程路杯子里的咖啡没洒落出一滴。

"我算过了，杯子朝着反方向倾斜5.35度，就不会洒出来了。"

程路愣了愣，然后摘下口罩，微笑着向邻座的男人表示感谢："谢谢啊。"

"不用谢。"对方点了个头算是对程路的回应。

飞机滑行一段距离后终于停稳，大家纷纷起身。程路背好书包随着人流向着出口走去。

由于疫情，飞机上的人都要到宾馆去接受十四天的隔离观察。程路随着人流上了大巴车，抱着书包坐好，紧跟在后面的人也马上落座。

程路一看，是邻座的那个男人。

他拍了拍对方的肩膀:"又碰面了。认识一下吧,我叫程路。"

"陈北。"

两人打完招呼,也没再多说话。此时车上的人都想念着在这座城市的亲人们,哪还有心思去和陌生人聊天。

隔离的第一天,晚上十点。

抢购飞机票、戴口罩坐飞机等困难都没能让程路绝望,但是此刻,望着眼前断开的充电线,程路内心升起一股哀怨。温柔的前台小姐姐说,会尽量帮他想办法解决,不过最近人手特别紧,估计要等个两三天。挂上电话之后,程路的哀怨变成了绝望。

孤单的房间,孤单的人,手机电池只剩10%,程路赶紧将手机关机。

这时,他听到了隔壁传来的电视声。不管了,死马当作活马医,说不定瞎猫碰上死耗子呢,他捶了捶墙壁,大声喊道:"邻居,你好呀?"

没有回应,他再次用力敲打了墙壁:"有人吗?你好啊!"

程路将电视机静音,果然,墙那边传来了三声捶墙声。

"同志啊!"程路嘴里叫着,他霎时有种终于和革命同志接上头的激动感。

"我叫程路,你的手机是'香蕉'的吗?能借我用用充电器吗?"程路对着墙壁,扯着嗓子嚷道。

对面没有回答,他立马将声音提高了几度,几乎用吼地和对方沟通。还是没有回应,他的喉咙已经有些生疼,垂头丧气地坐回床上。

就在这时,房间外的阳台上有什么东西砸在地上,他没理。过了一会儿又是一个东西砸出声响,程路戴上口罩,打开了房门,看到阳台上扔着两个塑料瓶。

"陈北?"

"程路!"

程路接过陈北丢过来的充电器,嘴里连声说着"谢谢",转头准备回去的时候,被陈北叫住了。

"那个,把沐浴露和洗发水扔过来。"

"你没带啊,等等,我去拿给你。"

"是这个!"陈北面无表情地指了指阳台地上的两个塑料瓶。

隔离第二天,早上八点。

起床后的程路打内线电话给隔壁房间:"我是程路,来阳台把充电线给你。"

阳台有些冷,程路将充电线扔回去,说了句谢谢,转身准备回房间。

"等等。"陈北叫住了他。

陈北举起手机朝着程路摇了摇,程路心领神会:"对对,加个微信,你扫我还是我扫你?"

"电话号码。还有,我们微信联系,电话铃声太大,这里隔音不好,以免打扰到其他人。"陈北说。

一根充电线串起了两个陌生的人,两人加了微信好友。程路因为每天都要借用陈北的充电线,总有些不好意思。陈北话少,通常程路打一大段字,而陈北两三字就算是回答了。

好在程路心大,聊天热情依旧不减,每天都找着新话题去聊,陈北虽然话少,但是回复总是很及时。

隔离第五天,下午六点。

陈北吃着晚餐,第十二次拿起手机来查看微信消息,还是没有。

将餐具收拾干净后，陈北拿出纸和笔，点开了和程路以往几天的聊天记录，计算出程路每天的聊天规律：

1. 上午八点，消息：早安、阳台拿充电线、昨晚做的梦，持续时间：五十五分钟；

2. 上午十点，消息：对电视节目的评价，持续时间：三十分钟；

3. 中午十二点，消息：对中饭的评价，持续时间：十五分钟；

4. 下午两点，消息：对疫情的担忧，持续时间：十五分钟；

……

9. 下午六点，消息：对晚饭的评价，持续时间：十分钟；

……

陈北退回手机主页面，显示已经过了六点，他和程路的聊天记录停留在上午八点，最后一条信息内容是："来阳台拿充电线吧！"

"吃了没？"陈北主动发了一条信息过去。

"吃过了。"

等了一会儿，界面没有显示"对方正在输入……"，也没有其他话题发过来。

"拿不拿充电线？"陈北问。

"今天不用，手机电很多。"

通常，陈北一天充一次电，而程路需要两次。今天程路确实不对劲。

一墙之隔的程路此刻躺在被子里，将手机扔在一旁，桌上堆放着吃过的早中晚餐方便盒。他重新拿起遥控器，再次将电视频道按了个遍。

除了早上给陈北送充电线，取餐下了床，其余时间他就一直躺在被子里。听到通知声，他拿起手机看了一眼，是陈北发来的消息。他简单回了几句,又将手机放了回去。

"疫情隔离期间如何调节心情""隔离引起的应激状态常见反应""五个一心理自我调适法"——

陈北关闭网页时,手边的笔记本上已经写满了各种信息,他在"做一些平时会使自己感到愉悦的事情"这条下面画了横线。

愉悦的事情?对陈北而言就是解题,解数学题。

所以陈北翻出了书,找到一道数学题给程路发了过去。

等了一会儿,没有回应。陈北又将书本翻到开头前几页,找了更初级的题目重新发了过去。

程路看到陈北居然发来了一道数学题,他想着应该是发错了,于是他没有回。过了一会儿,又发来几道题目,"你知道怎么解吗?"陈北问。

"不知道。"

"想知道怎么解吗?"

程路的"不"字还没发送出去,陈北的解题步骤就发了过来,长长的好几段。于是,他删掉了"不",发了个"厉害"的表情过去。

马上陈北又发了一道题。

"怎么解答?"程路直接问。

又是详尽的解题步骤发了过来。

程路换了个"捂嘴笑"的表情发了过去。

一来二去,程路看着满屏的解题演算步骤,发现陈北这一晚上发的消息,是前几天的好几十倍,真的就笑了出来,随后他看到屏幕上出现了"低电量"的提醒。

"来阳台,把充电器扔过来。"

程路起身去到阳台，陈北早已经站在那里，只见一道抛物线掠过，充电线到了自己跟前。

插好电源，回想起今天陈北的操作，程路不仅笑出了声，连带着郁闷的心情都好了很多。看着屏幕显示"对方正在输入中……"，没一会儿，陈北发来了新的信息。

"晚安。"

隔离的第六到八天，一切正常，除了一点。

陈北每天都给程路发数学题，随着程路心情逐渐变好，回复的话越来越多，陈北的演算步骤也渐渐变得少了，这次终于只发了一个步骤。

"一步到位？陈北，你对我的数学能力是不是有什么误解？"程路附带了一个两眼流泪的表情。

"是不是心情好多了？"陈北问。

"是啊，再等一周，小爷就能出去浪里个浪了。"

"专家说的还是有道理。"陈北说。

"什么意思？"程路问道。

陈北发来了自己笔记本上标注的一段话，"做一些平时使自己感到愉悦的事情，像看书、听音乐、追剧、学习一项新技能等，能有效缓解隔离期会低落的情绪。"

"你觉得数学能让我心情愉悦？"程路在椅子上笑得直拍腿。

"嗯，我解题的时候心情最愉悦。"

程路看着发来的简单几个字，又翻看着陈北之前发来的题目和各种解题方法，他想起老师在课堂上曾讲过的笛卡尔心形函数的故事。

"数学可真浪漫。"程路想着，心里的最后一点阴霾也被阳光驱散。

隔离第十天，晚上十一点。

程路听到陈北房间的椅子滑过地面的声音，他拿起手机看了看，晚上十一点，刚刚两人明明互道了晚安，陈北为什么没睡下，反而又拉开了椅子？

程路没有在意，可是当他睡了一觉醒来后，在黑暗的房间中居然又听到了隔壁传来椅子拖动的声音，还有拖鞋和地面摩擦的声音，程路拿起手机看了看，凌晨四点。

隔离第十一天，晚上十一点。

程路又听到了椅子和拖鞋在地面摩擦的声音，今天他终于忍不住了，给陈北发了消息：

"你还不睡啊？"

过了好一会儿，陈北才回消息："睡不着。"

"怎么了？"

陈北发送过来照片，程路点开一看，满桌子的书本，笔记本上密密麻麻写满了天书般的数字，桌子一角摆放的电脑屏幕上全是英文。

"明天再做啊，早点睡。"

"论文逻辑结构出现了点问题。"这次，陈北很快回复道。

程路将对话框中还没有发送的"晚安"两个字删掉，想了想，给陈北推送了一首英文歌曲。

"你戴上耳机听，放松一下。"

过了半个小时，程路听到陈北那边传来椅子滑动的声音，他悄悄跑到阳台去看了看，陈北房间的灯熄灭了。

他刚躺回床上，就收到了陈北的消息："谢谢，有些困意了。晚安！"

隔离第十三天,晚上十点。

陈北戴上耳机,点开程路给他发的新的音乐。论文的问题在他不再那么焦虑之后,终于慢慢有了解开的头绪,伴随着音乐,他感受到,脑子里的乱麻,正在一点点地捋顺开来。

他的生活作息又恢复了正常,晚上十一点,他准时给程路发送了短信,还是那句"今天论文很顺利,谢谢。晚安。"

两个房间的灯,几乎是同一时间熄灭。

隔离第十四天,终于到了可以回家的日子。

程路家的车先到了,他打了句招呼就上车了,过了一会儿像是又想起来什么,于是他扒在车窗上,笑着问:"陈北,我们不会这么有缘分,还住得很近吧?"

说起缘分,程路觉得有意思极了。

这两个星期里,在聊天中发现,两人居然读的是同一所大学,虽然不同专业,但是住的寝室楼是相邻的。甚至他们每天都在同一个食堂吃饭,只是程路总在二楼区,陈北则在一楼。

而且两人还参加了同一个电影讨论社,程路是一三五参加,而陈北是二四参加,完美错过。

陈北摘下口罩,说出了家里的地址。程路惊讶地从车上跳了下来,拉过他的行李箱就往车上放:"你赶紧和家里人打电话,让他们别来了。我们住一个小区。"

"真的假的?"

"真的,难不成我还骗你回我家啊?"

车子穿过阳光,行驶在平坦的马路上,今天太阳特别明媚,将两个少年的背影染上了金色的光晕。

车上陈北将耳机分了一只给程路,程路接过去塞到右耳里。

"《Mystery of Love》?"程路惊喜地说道,"你也喜欢这首歌吗?"

"嗯,这是我的秘密。"陈北将脸朝向窗外,轻声说道。

车子一路向北,迎着阳光,驶向远方。

他是**害怕**被丢下，
可现在有一个人会期待他的到来，
也会等**他**。

麦克黑 Text

逆火回春

敏感孤僻大学生 VS 落拓潇洒前消防员

JUST FRIENDS

THE ONLY ONE

逆火回春

TEXT 麦克黑　人称麦子，喜食大米，性情温顺，从不咬人。

燕城有三千里樱树，横贯了燕大三条街。三月花开半座城池，十分轰轰烈烈，吸引了大把的学生逃课去看樱花。

樱花开得最烈的那节课，教文艺理论的老教授踏进教室时，所有人都在看窗外的漫天粉红。教室第一排坐着个身姿笔挺的戴眼镜男生，他手里握着笔，支着下巴，目光也投向窗外繁盛的樱花树冠。

老教授点完名把名册一收，挥挥手笑呵呵道："这节课就上到这吧，你们这群孩子都出去玩吧。"

学生都呼啦啦收拾东西，一溜烟往外跑。第一排的男生慢慢收拾纸笔，目光却还停留在窗外。待人都走光，他背起包走到窗前，拉开窗子，试着向上张开双臂，口中唤："喵。"

树冠上花动，传来一声颤巍巍的猫叫。

这堂课在第二教学楼的二楼，其窗户正对着树冠，他坐下时就发现树上困了一只橘猫。猫不大，上了树后下不去，蜷在花枝里小声地叫。他试图引小猫往他怀里跳，但橘猫太小了，探了探爪子，又缩回去了。

他举僵了手臂,便放下,在教室里找了一圈,想找点什么长东西把它救下来,但教室里干净得粉笔都没几根。他只好回到窗边,试图爬上窗台抬高自己,好让猫敢往下跳。他刚抬上去一条腿,树上樱花簌簌而落,好一场"大雨"。

他抬起头。树上不知何时爬上来一个青年,那青年抬高一臂,捞了小橘猫往肩头一放,而后钩着树干,一探身子,在他的膝头"啪"地一拍:"看你上窗这笨劲,等会儿当心再摔出来,赶紧下去。"

他定定地看了树上的青年一眼。隔着花雨,青年语气严肃,面容神态却懒散落拓,棱角分明的脸便生了亲和感和熟悉感。

他听话地放下腿,向树上的人伸出左手讨要猫。大学生掌心白净,青年看了看他的手:"这猫你养的?"

"不是。应该是校里的流浪猫生的。"他说,另一只手推了一下眼镜,语气一本正经,"你是校外人,交给你不安全。"

青年乐了:"你怎么知道我是校外人?"

"每年樱花开放,都有不少外人进校赏樱。你看着不是博士生,只能是校外人。"

青年摸了摸下巴。他自认为自己长了张嫩脸,却被大学生一句话指出年纪大,顿时生了点紧迫感,正想着回去得好好护肤了,就听大学生话音一转:"你认得我吗?"

青年莫名其妙,心想,这是什么新的搭讪方式吗?

大学生抿了抿唇,他似乎有点不高兴,但没有表达出来,只是说:"我们见过的。你忘了吗,夏煜?"

夏煜是青年的名字。惭愧,青年挠破了头也没想起什么时候认识了个高才生,只好赔了个笑:"对不住啊这位小哥,年纪大了这脑子不记事,您叫什么?"

大学生说:"我叫薛鸣春。"

我是奔你而来的。

夏煜对薛鸣春这个名字毫无印象。他们把困在树上的橘猫放回投喂点后,为表自己没记住人的歉意,夏煜决定邀请薛鸣春去书吧里喝一杯咖啡。

薛鸣春没拒绝,他们就一同往校外走。途中夏煜指了指第二教学楼前面的那栋楼:"那是你们的什么楼?"

薛鸣春:"化学实验楼。"

夏煜挠了挠下巴。刚刚路过时,他看见楼里在整修,木料都堆在走廊里,消防员的敏感让他多看了几眼。

夏煜,男,年龄二十八,一年前光荣地从燕城的消防救援支队退役,现在窝在燕大外一条街的末巷里开一家半死不活的书店。

夏老爷子是诞生于六七十年代的知识分子,拗着一股那个年代独有的对文艺的敬重开了书店。在当年房价还没飞涨的时候,老爷子很有远见地把店面买了下来,在这个网络文学发展正烈、传统书店纷纷倒闭的时代,给他儿子留了一角能用来晒太阳睡大觉的地方。夏煜接手后给店面装修了一下,做成了咖啡厅书吧。

到店后,夏煜在吧台后磨咖啡豆,薛鸣春坐在书架边,在翻一本《人类简史》。店里没人,也算是闹市取静,静得仿佛偌大城池只剩了两人,唯有漫天的樱花在窗外飘浮。

夏煜没话找话:"你多大了?"

"二十。大二。"

"学什么的呀?"

"文学。"

"嚯,燕大文学分可高,你挺厉害的嘛。"

薛鸣春毫不谦虚地点了点头："嗯。"

话顿时就聊死了。

好在夏煜逢年过节在七大姑八大姨那儿耳濡目染了不少强行尬聊的技巧，话题一转，查起了薛鸣春的户口："听你口音，是本地人？"

薛鸣春愣了一下。最终他说："算半个吧。我小时候在这里生活，长大后去了白城。"

白城……夏煜反应了一下，想起来自己两年前在白城抗过洪。电光石火间，夏煜想到了什么，盯着薛鸣春的脸一阵猛看，终于在年轻人白净的脸上看出了几分熟悉："两年前你是不是——"

"两年前我在白城，是抗洪志愿者。"薛鸣春说。

夏煜想起他是谁了，乐出两排雪白的牙："我想起来了——是你啊，小鲨鱼精。"

白城毗邻一条大江，两年前，一场连续下了三个月的大雨导致江河猛涨，最终大水冲毁了堤坝，发了一场席卷全城的洪水。

那时候消防部队的组织机构未改革，消防员还隶属于武装警察部队，白城向来风调雨顺，而今突发洪水，当地警备吃力，国家便调了其他省市的军队和武警部队过去帮忙，燕城离得近，义不容辞，而夏煜有幸正在其中。

洪水势猛，低矮市区的水位已经淹到三楼，夏煜所在部队在抢救居民财产的第三天，顺着急流漂下来了一个木盆，木盆里躺着个哇哇大哭的婴儿。

水太急，从他们所在的地方根本追不上，夏煜刚跳上救生筏，就看见一个人从远处的岸边跳进了河里。

那人肤色极白，腰背在浑黄的河流里像是亮银色的鲨鳍，用一种难以想象的速度追上了婴儿，而后托着木盆迎着夏煜游过来。夏煜接过了盆，又向他伸出手，把浪里鲨鱼捞上了筏子。

"鲨鱼"是个少年人，脸上身上全是泥和杂草。夏煜把橙红的救生衣扔给他一件，少年人接了救生衣，没穿："我不用，累赘。"

夏煜分外不客气地道："你不是部队的吧？志愿者？淹死的都是会水的，你当自己鱼成精呢？要是不穿救生衣就去高地待着去，别在水里浪，不然早晚我们得去捞你。"

少年人不说话。夏煜猜他是个犟脾气，应该不会听自己的，但少年竟然把救生衣套身上了，而后沉默地坐在一边，任凭头发丝滴滴答答地滴着水。

夏煜往岸边划，河心水打着旋，救生筏纹丝不动。夏煜正想叫少年人帮忙一起划，就听耳边极轻微的一声落水响，往旁一看，那人已经下了筏。

他穿着救生衣也依旧十分轻盈，在水中如在风中飞，眨眼就到了筏尾，手臂一用力，将橡皮筏稳稳地向前推动。夏煜几乎怀疑他的两条腿是螺旋桨，他顺着力道往前划，登上岸之后，又把少年拉上来，打趣道："我收回前言，你还真是条鲨鱼精。"

鲨鱼精少年似乎想说什么，但嗫嚅着没说出口。夏煜忙着把婴儿还给父母，也没在意，匆匆道了"再见"就想跑，然后被人一把拉住了。

少年手劲极大，顶着水草似的头发，紧紧攥着他的手腕。志愿者这段时间累得像驴，少年可能也有段时间没好好休息了，眼下浮着点青黑色，但他一双眼睛亮得逼人，显出了几分紧张的神色。

夏煜道："怎么了？"

少年人张张口，有几分欲言又止的意思："消防员哥哥……"

他停顿了一会儿："你叫什么？"

夏煜一拍他的后背："我叫夏煜。哥先走了,你帮我的忙哥记着了,

以后你要是来燕城，我请你吃饭。"

少年不知为何有点气馁，但随后又露出笑意，松开手，点了一下头。

夏煜走出去一段路，在拐弯处鬼使神差地回头。少年仍站在岸边看他远去，像是水岸边的一根竹。

萍水相逢的两个人，隔着茫茫江水，又有多大的机会再见面呢？

然而竟然真的在燕城再相见了。夏煜觉得不可思议，又生了几分亲切熟稔，把咖啡端到他桌边，笑说："当年你在水里滚得跟个泥人一样，这次见面我实在是没认出来你这张帅脸，可别怪哥——说起来，我当初还以为你以后是要进国家游泳队的。"

薛鸣春接了咖啡道了谢，说："游泳只是我的爱好。更何况我现在已经不喜欢游泳了。"

夏煜一怔："为什么？"

薛鸣春抖了一下眉梢，斟酌着词句："也不能说不喜欢。应该是不热衷于游泳了。"他的手很白，但等他翻过右手掌，一大块烧伤的疤痕打破了这份白。薛鸣春看了看自己的手心，慢慢说，"我很怕火。我曾认为水是最温柔的，我在水中会觉得安心。但是两年前那一场洪水，我看见了太多悲剧……我意识到，水也好，火也罢，都很无情。"

夏煜心中微微一震，心想不愧是文学生，说话都像一门艺术。

"从那以后我就不那么喜欢水了。"薛鸣春注意着夏煜的眼神，见他根本没注意到伤疤，有些落寞地垂下眼睛，把手掌合回杯子上，"但好像也不再那么怕火了。"

夏煜猜测他应该是小时候经历过跟火有关的事故，且留下了心理阴影，便拍拍他的肩膀宽慰道："也算是好事。"

薛鸣春沉默着，忽然说："你为什么不做消防员了？"

"老了，扛不动水枪了，也救不了人啦。"夏煜笑一下，自嘲般说，"我已经什么都不是了，就退役了。"

薛鸣春霍然抬头："你明明是英雄！"

夏煜被他炽亮的目光烫了一下，别开了目光，打趣道："哟，你对消防员的评价这么高呢？"

薛鸣春笨拙地吐出一个字："我……"他垂头丧气地没说出口。

夏煜等了一会儿，搬了把椅子坐到他对面，拉开唠家常的架势："小孩儿，有什么事不能敞亮说的？跟哥说说。"

薛鸣春把话在嘴里辗轳一遍，又被自己囫囵吞回，最终也没说出口。他只是闷头把话就着咖啡灌进了肚子。

夏煜也不逼他，换了话题。后来没什么可唠的了，他们就一齐看窗外的樱花。夏煜安静了很久，不忍心打破安静似的，轻轻说："燕大的樱花很好看。"

薛鸣春点点头。他想起什么，看了一眼时间，猛然站起来。

他急促的动作打破了宁静的氛围，夏煜被他吓了一跳，条件反射地蹦起来，准备往作战服里跳的时候才想起来已经不在部队了，便哭笑不得道："吓我一跳，怎么了？"

薛鸣春不安地说："我还有课，给忘了。"

上课时间都已过半个小时，薛鸣春作为一个优秀大学生，两年来第一次体会到逃课的滋味……他看了看旁边跷着二郎腿坐着的夏煜，竟还觉得逃课挺美好的。

薛鸣春想了想，还是决定回去听课："我走了夏哥。"

夏煜懒洋洋地冲他挥挥手。

薛鸣春走到门口，忍不住回眸："夏哥。"

夏煜看向他。夏煜有着相较于亚洲人更高耸的眉骨和偏深邃的眼窝，这让他的眼睛像是鹰隼，有很锐利的眼锋，旁人看他面无表情时，

都会觉得这个人有点阴沉,进而生出几分惧意来。

但薛鸣春不怕。他迎着那双眼,有点不好意思道:"我以后能……再来吗?"

夏煜笑起来。他笑的时候,仿佛有一束阳光打在眉峰上,整张脸都明亮起来,能让人不由自主跟着笑,于是薛鸣春也弯了唇角。

夏煜开朗道:"当然能。要常来啊,小孩。"

薛鸣春成了咖啡书吧的常客。他常拿着厚厚的一本英文原著,来了不多说话,只坐在靠窗的那个桌子边读书。夏煜也不去打扰,做着自己的事,有时兴起,给他磨一杯咖啡放在他手边。

薛鸣春看累了书,就会往外看看天,露一道清晰的下颌线。夏煜哼着小调擦桌子的时候,有一次捕捉到薛鸣春凝在自己身上的视线。目光很轻盈,柳絮似的绕在夏煜身边,并不让人反感。

"夏哥。"被发现后薛鸣春也不躲,反而看着他笑一笑,"我总觉得这种日子好像过了很久。"

夏煜转手绢似的转着抹布,扭秧歌一般扭到他眼前:"来抬抬胳膊——是啊,好像我们很久之前就认识。"

"我们是认识很久了。"薛鸣春抱起书本,又嘟哝了一句什么。后半句掩在了书页之后,夏煜没听清,也没多想,只当他说的是两年前水中相遇,耸耸肩,继续哼着那不成句的调子。

薛鸣春问:"这是什么歌?"

夏煜道:"不是什么歌。我小时候我妈常常哼,久而久之就学会了。"

薛鸣春说:"这曲调听起来……让人很安心。"

夏煜逗他:"可不是,哄小孩一哄一个准。"

小孩被他哄准了,摘掉薄薄的眼镜,露出笑意:"那你再唱一遍。"

夏煜重新起头。青年的嗓音浑厚，像酒，也像埋酒的土地，稳稳地托着薛鸣春。

歌声里薛鸣春张开右手，看了看掌心的疤。那连绵了他小半生的疼痛似乎被歌声抚平，他轻轻攥了攥手，不由自主地笑了笑。

樱花快要开尽的时候，咖啡书吧来了不速之客。

薛鸣春拿着书到店时，是傍晚时分，夏煜正和一个女人在门外对峙。那女人四五十岁，面容憔悴，有些神经质地翻来覆去说着什么话。

夏煜看见了薛鸣春，冲他摆了摆手，示意他不要管，进屋躲一躲。

薛鸣春默不作声地进屋放下了书，又走出来，问："她是谁？"

夏煜眉眼间生出股疲惫，强撑着笑了笑："没事儿。找我的，你先进去。"

薛鸣春皱眉。女人不知哪来的力气，忽然一把抓住了夏煜的领子，语气歇斯底里："你为什么没救他啊？为什么？就差那么一点——"

夏煜没说话，薛鸣春则突然上前一步，攥住了中年妇女的手腕，沉沉道："放手。"

女人吃痛松手，迷蒙的目光向薛鸣春投来，又抓住了薛鸣春的衣服，语无伦次地说："我悔啊，我那天怎么就跑得那么快？我该回去救他的，我怎么就没帮帮他……我的儿啊……"

她开始号哭。薛鸣春无措地看向夏煜，夏煜把她架起来，让她放开了薛鸣春："是我的错，行了，别哭了，大街上的。"

妇女哭得神志不清，夏煜看向薛鸣春，语气还算轻松，但脸上没有笑容："劳驾，帮我看下店，我把她送走。"

"你认识她？"

"姑且算是认识吧。"夏煜去道边拦车，"等我回来跟你说。"

华灯满街时,夏煜回来了。他在椅子上一瘫,额前碎发散乱,显出几分落魄。

薛鸣春虽然不太爱说话,但目光倒很会传情,他把担忧明明白白地传递给夏煜。

夏煜抓抓头发,坐直了:"那个女人……她丈夫常年出差,曾经有一个儿子。我一年前最后一次出火警,是她住的居民楼。那是个深夜,大风天,火势很大,我冲进火场救人,把她救了出来……"

那是个老居民楼,很低矮,统共不过六层。年久失修,电路失火,正烧在她家。在火场里最致命的其实是高温浓烟,女人当时吸了一肺的黑烟,神志不清,又被吓傻了,夏煜把人救出来后,她毫无意识地在云梯上抓着夏煜的防火服不撒手,阻拦了夏煜十几秒。

她清醒过来后,央求夏煜进去救她儿子。然而撕扯的时间里,火龙点燃了客厅里的杂物,燃烧的书柜立在夏煜的必经之路旁,摇摇欲坠。

夏煜在云梯上犹豫了,最后他在仓皇的催促和哀求声里一咬牙重新爬进窗户。那个年轻人恰在此时出来,隔着熊熊烈火,向橙红色的逆火青年投来劫后余生的感激目光。

夏煜奔向他,向他伸出手,青年也向他跑来——

而后书柜轰然坍塌。

年轻人距离触到夏煜的援手不过短短一米,却永远被埋在了那燃烧的书架下面。

"只差一步。我常常想,如果在云梯上的时候我没有犹豫,早一点进去找到他,或许他就不会这么巧地奔向死亡。"夏煜自嘲地笑了一声,"我刚进队的时候,什么都不怕,可人间惨剧见得多了,反而越来越畏惧。我可能不适合做消防员了,五年一到,我就退役了。"

两人沉默。夏煜又说:"他妈妈其实并不总来找我。只是有时候她太难过太后悔了,无处排解,才来谴责我。也是个可怜人,来便来吧,我又做不了什么别的。"

薛鸣春说:"不是你的错。"夏煜轻轻摇了一下头。

薛鸣春有点着急了:"这是巧合,和你的行为没有一点儿因果关系,你不要把过错往自己身上揽。消防员又不是神,是人就会害怕,你哪里有错?你救过那么多人,你分明是我见过的最勇敢的人!"

夏煜当他在安慰自己,但真的被宽慰了不少,他笑道:"说得像你见过我救火似的……"

"我见过!"薛鸣春打断他,站起来。此刻他面上透出两片激动的绯红,双眸炽亮似火,像是要燃烧,"你救过我!就在燕城,你把我从火海里抢了出来!"

夏煜愣住。

薛鸣春深吸了口气,重新坐回去,小声说:"只是你忘了。可我还记得,历历在目。"

夏煜开始拼命回想,隐约有了一点儿模糊的熟悉感,但太缥缈,他抓不住。

薛鸣春叹了口气,安慰道:"想不起来就算了。没关系的,太久了。"

他收拾了东西,闷闷说:"我先走了。"

这个小插曲并没有让两人之间发生什么不愉快。夏煜其实是有点尴尬的,但薛鸣春下次来时仍一切如常,夏煜也就逐渐放宽了心。

夏煜想,他什么时候救过薛鸣春呢?那五年他出的火警不少,救的人更是一大堆,常常是抱了人就跑,放了人就往火里冲,让他挨个回想着实有点难度,更何况他本来就有点不记人。

三月末,薛鸣春在店里时总是能接到电话。回电话时他的语气很平和,但放下手机后总是会看着天空发呆,兴致不高的样子。

如此这般好几次后，夏煜有点好奇，但也没有多问。

这天薛鸣春抱着书看，又是一个电话打进来。薛鸣春把电话挂了，不多时，微信提示音连续不断地响了起来。他皱了眉，把手机静音了，倒扣在桌子上，再没理它。

晚上夏煜打烊，收拾桌子时发现薛鸣春忘了带手机走。夏煜把它收起来，打算明天把手机还给薛鸣春。

更晚一些的时候，这手机在他的口袋里震个不停。

夏煜拿出来一看，来电显示是"小姨"。他寻思让它一直响也不是个事，就接起来了："喂，您好？"

那边沉默了一秒，紧接着一个女声响起："你是谁？"

夏煜脱口道："我是他哥。"

薛鸣春的小姨笑了："他什么时候多了个哥哥，我怎么不知道？"

夏煜这才反应过来自己平日自称哥哥称顺口了，倒也不怵，补充道："我是他新认的野哥。"

小姨勉强认可了这个说法："鸣春呢？"

"他把手机落我这了，我明天还他。要不这电话您明天再打？"

对面思忖片刻后说道："那孩子孤僻，难得交个朋友，能把手机放在你这里，应该是信任你的。你帮我劝劝他，让他清明的时候去看看他妈妈。"

哪有清明节的时候去看家人的？夏煜反应了一会儿，轻轻"啊"了一声："他妈妈是……"

"过世很久了。这孩子可怜，小时候父母就离婚了，他妈妈带他在燕城住。母亲过世后，没人管他，我和他姨夫就把他接到了白城。这么多年来，他一直不愿面对他母亲，即使现在回到了燕城，也一次都没有去扫过墓。无论怎么说，那都是他妈妈啊。"

夏煜敏锐地察觉到一丝不对劲。薛鸣春不是恩将仇报的孩子，如果他母亲待他好,他不至于连墓都不去给她扫。

但这是薛鸣春的家事,夏煜没有资格插嘴。夏煜挺直了后背,慎重说:"阿姨,你的意思我会传达的。但是小薛是我的好朋友,我更乐意从他的角度看问题,如果他实在不愿意去,我不会劝他。"

小姨是个开明的人,叹了口气,也不再多说:"唉,我只是想让他不要去憎恨他母亲,能跟过去和解……我和他姨夫工作忙,没怎么管过他,这么多年这孩子一个人长大,没长歪是苍天有眼。我只希望他不要活得太累,能开开心心、健健康康的。"

夏煜道:"我明白。我和阿姨一样,也希望他过得好。"

第二天夏煜关了店,去燕大给薛鸣春送手机。

这个时间薛鸣春应该没下课,他溜溜达达在流浪猫投喂点转了一圈,忽然想到——樱花盛开的那一天是个周三,今天也是周三,如果课程固定,薛鸣春很有可能正在那个他们碰面的教室里上课。

夏煜往他们见面的那栋教学楼去,上了二楼,往那棵大樱花树旁的教室里一望,真在第一排找到了薛鸣春。

老教授神采飞扬地上着课,夏煜看后门开着,趁老教授回头写板书,一猫腰,去最后一排坐下了。

坐定了才发觉不太妙,这节课的人都聚在前排,后三排孤零零的就他一个。教授写完了板书,饱含深意地看了他一眼,夏煜总不好这时候扭头就走,只能缩了缩脖子,硬着头皮听课。

他离开学校六年了,当年又是工科出身,教授说的他一句都没听明白。正神游天外,老教授却把他点了起来:"这位同学,你来说说文学性的四个维度。"夏煜尴尬地站起来。

夏煜脸年轻,老教授把他当不好好听课的那类学生,见他憋不出字,老顽童似的逗他:"同学你叫什么名字?我不给你扣分,就是想认识一下。"

夏煜小心翼翼道:"真不扣啊?"

一屋子人都回头看他。薛鸣春扶了一下眼镜,半点帮他解围的意思都没有,甚至露出了那么一点儿幸灾乐祸的笑意。

老教授笑眯眯地:"真不扣。"

夏煜放心了,中气十足:"那成,我叫薛鸣春。"

认识薛鸣春的人就齐刷刷地看向了第一排的本尊。

老教授也认识薛鸣春,轻轻敲了敲薛鸣春的桌子:"那你来说说四个维度吧。"

薛鸣春站起来,流畅地回答完问题,老教授满意地点点头:"答得不错,你又叫什么名字啊?"

薛鸣春回头看了夏煜一眼,淡定地说:"我叫薛鸣夏。"

班中大笑,教室内外充满快活的空气。老教授看看窘迫的夏煜,又看看一脸无辜的薛鸣春,仁慈地放过了他们。

下了课,他们在校园里走,夏煜把手机还给薛鸣春。

薛鸣春道了谢,问:"你怎么知道我在哪儿上课?"

夏煜神神秘秘道:"咱俩有心灵感应。"

薛鸣春一笑。夏煜说:"你等会儿还有课吧?"

薛鸣春点点头:"我带你转转校园吧。"

薛鸣春带他转了一圈,又路过了实验楼,最后把夏煜送到校门口。夏煜还是有点在意这个实验楼,那是一种经验积累出的直觉,这种直觉往往觉不出好事。他看薛鸣春心情不错,想着等晚些时候再转告他小姨的话,便只拍拍他的肩:"上课去吧,不用送了。"

薛鸣春点头，回身离开。夏煜站在门口犹豫要不要去实验楼看一眼，薛鸣春忽然回了一下头。

夏煜抬起手懒洋洋冲他一摆，薛鸣春笑了，用力挥手，而后大步向着第三教学楼走去。

薛鸣春正要踏入教学楼的大门，地面忽然很沉地震了一下，而后一声爆破似的闷响传到耳边。他霍然向声音的来处看去，看到一股黑烟从实验楼的方向升起。

来往匆匆的人纷纷驻足，嘈杂的议论涌到了耳边："爆炸了吧？""是实验楼吗？""起火了吗？"

薛鸣春的右手条件反射地颤抖起来，他拿左手紧紧掐住右手手腕，忽然想到：夏煜可能还没有走远。

夏煜一定会去救火的。

薛鸣春没有丝毫犹豫，向着实验楼狂奔而去。

夏煜确实是冲进去救火了。

实验楼是小范围爆炸，火势不算太大，几个学生撒丫子往外跑，夏煜揪住了一个跑得最快的："里边还有人吗？"

那人刚从爆炸现场出来，声音都在打战："有……有吧？"

夏煜兜头给自己浇了盆水就往里冲，跑到大堂中央指挥几个手足无措的学生下楼："猫腰走这边楼梯出去！快快快！"

学生在他的指挥下从楼里撤了出来，夏煜又冲进实验楼把易燃品往外扔，免得助长火势，第二轮他往里进了不过几步，手腕就被人狠狠攥住了。

拉他的人手劲极大，仿佛夏煜是一捧水，无论如何都会从掌中流走，所以格外用力。

字,老顽童似的逗他:"同学你叫什么名字?我不给你扣分,就是想认识一下。"

夏煜小心翼翼道:"真不扣啊?"

一屋子人都回头看他。薛鸣春扶了一下眼镜,半点帮他解围的意思都没有,甚至露出了那么一点儿幸灾乐祸的笑意。

老教授笑眯眯地:"真不扣。"

夏煜放心了,中气十足:"那成,我叫薛鸣春。"

认识薛鸣春的人就齐刷刷地看向了第一排的本尊。

老教授也认识薛鸣春,轻轻敲了敲薛鸣春的桌子:"那你来说说四个维度吧。"

薛鸣春站起来,流畅地回答完问题,老教授满意地点点头:"答得不错,你又叫什么名字啊?"

薛鸣春回头看了夏煜一眼,淡定地说:"我叫薛鸣夏。"

班中大笑,教室内外充满快活的空气。老教授看看窘迫的夏煜,又看看一脸无辜的薛鸣春,仁慈地放过了他们。

下了课,他们在校园里走,夏煜把手机还给薛鸣春。

薛鸣春道了谢,问:"你怎么知道我在哪儿上课?"

夏煜神神秘秘道:"咱俩有心灵感应。"

薛鸣春一笑。夏煜说:"你等会儿还有课吧?"

薛鸣春点点头:"我带你转转校园吧。"

薛鸣春带他转了一圈,又路过了实验楼,最后把夏煜送到校门口。夏煜还是有点在意这个实验楼,那是一种经验累积出的直觉,这种直觉往往觉不出好事。他看薛鸣春心情不错,想着等晚些时候再转告他小姨的话,便只拍拍他的肩:"上课去吧,不用送了。"

薛鸣春点头，回身离开。夏煜站在门口犹豫要不要去实验楼看一眼，薛鸣春忽然回了一下头。

夏煜抬起手懒洋洋冲他一摆，薛鸣春笑了，用力挥手，而后大步向着第三教学楼走去。

薛鸣春正要踏入教学楼的大门，地面忽然很沉地震了一下，而后一声爆破似的闷响传到耳边。他霍然向声音的来处看去，看到一股黑烟从实验楼的方向升起。

来往匆匆的人纷纷驻足，嘈杂的议论涌到了耳边："爆炸了吧？""是实验楼吗？""起火了吗？"

薛鸣春的右手条件反射地颤抖起来，他拿左手紧紧掐住右手手腕，忽然想到：夏煜可能还没有走远。

夏煜一定会去救火的。

薛鸣春没有丝毫犹豫，向着实验楼狂奔而去。

夏煜确实是冲进去救火了。

实验楼是小范围爆炸，火势不算太大，几个学生撒丫子往外跑，夏煜揪住了一个跑得最快的："里边还有人吗？"

那人刚从爆炸现场出来，声音都在打战："有……有吧？"

夏煜兜头给自己浇了盆水就往里冲，跑到大堂中央指挥几个手足无措的学生下楼："猫腰走这边楼梯出去！快快快！"

学生在他的指挥下从楼里撤了出来，夏煜又冲进实验楼把易燃品往外扔，免得助长火势，第二轮他往里进了不过几步，手腕就被人狠狠攥住了。

拉他的人手劲极大，仿佛夏煜是一捧水，无论如何都会从掌中流走，所以格外用力。

夏煜差点叫出来，一回头对上薛鸣春的眼睛。薛鸣春一路奔跑，气息不匀，面上烧了层绯红色，他哑声道："出来。"

夏煜看他不知天高地厚地敢往火场里跑，顿时就怒了，下意识甩手一挣，把人往外推："你快出去！着火呢！你进来干什么！"

薛鸣春的右手很无力地拉住了夏煜湿淋淋的衣角，声线有点抖："你不要去，我害怕。"

薛鸣春掌心的那道旧伤疤狠狠地蜇了夏煜的眼，电光石火间，夏煜想起来他是谁了！

他们确实是在很早之前就见过。

六年前夏煜还是个刚进消防队的毛头小子，生平第一次出的火警就是一场烧了半边天的居民楼大火。呼救的人全都救下来后，他站在楼外往楼上看，不经意发现七楼的窗口还站着一个人，那人正用力敲着窗户。可能是烟雾太浓，那人影一闪就消失了。

当时火势已经烧到了七楼，夏煜当机立断从云梯上到那户人家，破窗而入："有人吗？"

窗内是厨房，厨房的木桌烧了起来，到处都是烟。夏煜沿着承重墙往内搜寻，在厨房的角落看见了抱头蜷起来的少年。少年全身都是水，紧紧攥着右手，湿漉漉地抬起头，夏煜一把把他抱起来就要往窗外冲，却听见少年说："我妈妈……还在里面。"

夏煜把他往云梯上一放："我进去救她！"

夏煜的防火服被少年一把抓紧了，死死地，少年的声线微弱颤抖："你不要走，我害怕……"

少年攥紧的右手举到夏煜眼前，那是一截燃烧后被水浇灭的布料，血肉模糊地粘在他的掌心："她死了。她……被烧了很久。"

夏煜把少年送到地面，少年沉默着，抓着他的手一直不放。火势大致稳定了下来，夏煜担心他手心的伤，把少年送去了医院，在救护车上他笨拙地安慰这个瘦弱的孩子："没事了，都没事了，不要攥着拳头，多疼啊……这是怎么搞的？"

少年低着头一直不说话，很久之后才开口："她身上着火了。我去拉她，她推开了我，我只抓住了她的衣服……"

夏煜不知所措地"啊"了一声。

"妈妈不想获救。"少年抬起脸，夏煜这才发现这孩子哭了，一点儿声音都没有，眼泪却流了满脸，他哽咽道，"是我不好吗？是我做错了什么吗？"

夏煜对少年的家庭一无所知，但他单膝跪下来，把少年抱住了，极尽温柔地说："不是的。没救下妈妈不怪你，你是一个很好很好的孩子。"

"可是我……妈妈不喜欢我……"

"以后会有很多人喜欢你的。"夏煜向他保证，"你会遇到很多很好的人，喜欢你的人从城南排到城北，想见你一面要排三天的队。"

少年被他逗笑了。夏煜拉着他的左手，想了想，说："你要是还是害怕，我给你唱首歌吧。"

消防员在救护车的鸣笛声里，哼起了他母亲无数次在午后晒被子时、烧锅做饭时、大扫除擦窗子时和哄他入睡时唱起的悠长小调。

嗓音浑厚，哼出了一个美好的梦境。

夏煜最后还是跟薛鸣春从火场出来了，实验楼的火很快被专业人士过来扑灭了。

夏煜湿淋淋地在校医院里坐着，薛鸣春坐在他旁边。两人都没有什么事，只是薛鸣春的右手一直在轻微地抖。夏煜觉得他这是创伤后应激障碍，有点心疼："你知道自己怕火，怎么还往里面跑？"

薛鸣春道："你在里面。"

夏煜被他气乐了："你也知道我在里面啊？我是消防员，你是个大学生，你见过的火灾都没我扑灭的多，我在里面你不应该放心吗？"

说完了又后悔，觉得自己在往他伤疤上戳。薛鸣春倒没去在意那个，道："你也不是消防员了，你退役了，你是普通公民。"

夏煜语塞——他说的倒也没错。他挠挠脸，不知道说点什么，装作不经意道："这些年……你过得还好吗？"

薛鸣春抬头，眸如灿星："你想起来了？"

夏煜有点不好意思："嗯。抱歉啊，这么久才想起来……"

薛鸣春如释重负地松了口气："其实我既希望你想起来，又希望你想不起来。那是我最狼狈的时候，脸全丢在你面前了。"

手机在手里转了两圈，他继续开口："你接我小姨的电话了吗？"

夏煜道："接了。"

"她说了什么？"

"说了你家里的一些事。"

他们有一阵没说话。薛鸣春又问："你不想对我说点什么？"

夏煜认真地想了下，语气很真挚："你比我想象的还要了不起。"

薛鸣春愣住了。

夏煜语声温柔："这么多年，孤身一人，吃了不少苦吧？"

薛鸣春眼眶有点发酸。他仰起头，吐出口气："我很小的时候父母就离婚了。但我的父亲，总是在纠缠我妈妈。我们搬了很多次家，还是摆脱不掉。我妈妈……待我并不很好。有时候她很爱我；可有时候，想来是因为我父亲的缘故，她很漠视我，自己总是在哭。

"六年前那场火灾，她没有求生，任由自己葬身于火海。我小时候想，是我的错吗？是我哪里做得不好吗？我憎恨她，因为她把我一个人丢下了。我也埋怨自己,是不是我不够好,所以她才抛弃我。现在想来,我并没有做错什么,她也只不过是个受害者。她就是普通人,没有心情来顾及我,可当时的我太小了,直到现在才懂她的感受。"

那场火灾后,薛鸣春跟随小姨离开了燕城,当时的他是再也不想回来的。他在白城没什么朋友,也没什么追求,他不敢碰火,沉迷于水,虽然身不在燕城,却一直被困在那场火里。

直到那场白城的洪水,神迹一般,薛鸣春再次碰见了夏煜。

夏煜的面容没有丝毫变化,薛鸣春一眼就认出了他。少年人犹豫着要不要上前相认,可夏煜已经不记得他了。

那年夏煜临走时,笑着说"以后要是来燕城,我请你吃饭"。

薛鸣春并不是贪图这顿饭,他只是忽然明白,燕城不过是一个地方,水与火也不过是某种物质。他不是害怕火焰,他是害怕被丢下。所以他不愿和任何人牵扯,不相处,就不会失望。

可现在有一个人会期待他的到来,也会等他。

薛鸣春决定回到燕城去。他第一次想和一个人做朋友,想要面对自己的过去,那样才能继续往前走。

薛鸣春侧过头,看夏煜:"夏哥。清明的时候,你有空吗?"

夏煜点头:"有空。"

薛鸣春冲他笑:"能陪我去见见我母亲吗?我想跟她道个别。"

清明那天是个细雨天,薛鸣春和夏煜打了黑伞,在公墓园里站定。墓碑上贴了薛鸣春母亲的照片,巧笑倩兮,依稀有薛鸣春笑起来的样子。

薛鸣春伸出右手,轻轻抚过照片上的灰尘,然后把一束花放在了碑前,他在心里轻轻说了再见。

他向自己的过去告别。从此以后,火焰不能再困他。

夏煜对着墓碑道:"你儿子现在在我身边,放心吧,我一定会让他好好做人的。"

薛鸣春踹了他一脚,夏煜笑着跳开,忽然说:"我想通了。"

薛鸣春侧开伞,从伞沿下看他。

夏煜插着兜,重心只在一条腿上,另一只脚懒散地岔在支撑腿后,看着有点吊儿郎当,背脊却挺得笔直:"你说你妈妈是个普通人后我想明白了,其实我也只是一个普通人。普通人摆脱不了害怕和畏惧,普通人救不了所有人。我做消防员时,从未懈怠,但总有人的生命在我的掌控之外,我已经尽了全力,应当问心无愧。"

这话说得没头没脑,但薛鸣春明白这是在说那场迫使夏煜退役的、没能救下那个青年的火灾。夏煜终于从那种愧疚中走了出来。

薛鸣春说:"你是英雄。"

夏煜微笑着拍拍他的后脑勺:"我可不干,当英雄可太累啦。"

薛鸣春想了想,固执地说:"你是我的英雄。"

夏煜愣了一下,笑出了声,手改拍为揉,把薛鸣春梳得一丝不苟的头发揉成了一团鸡窝:"那也成。你一个人,哥还担得起。"

薛鸣春也笑。

六年前,消防员把少年救出来,对他说:"你以后会遇到很多很好的人。"

薛鸣春心想,他不要那么多很好的人,他已经遇到这世间最好的人了。

夏煜拯救了他的过去,陪伴了他的现在,他们还会有很好很好的未来。

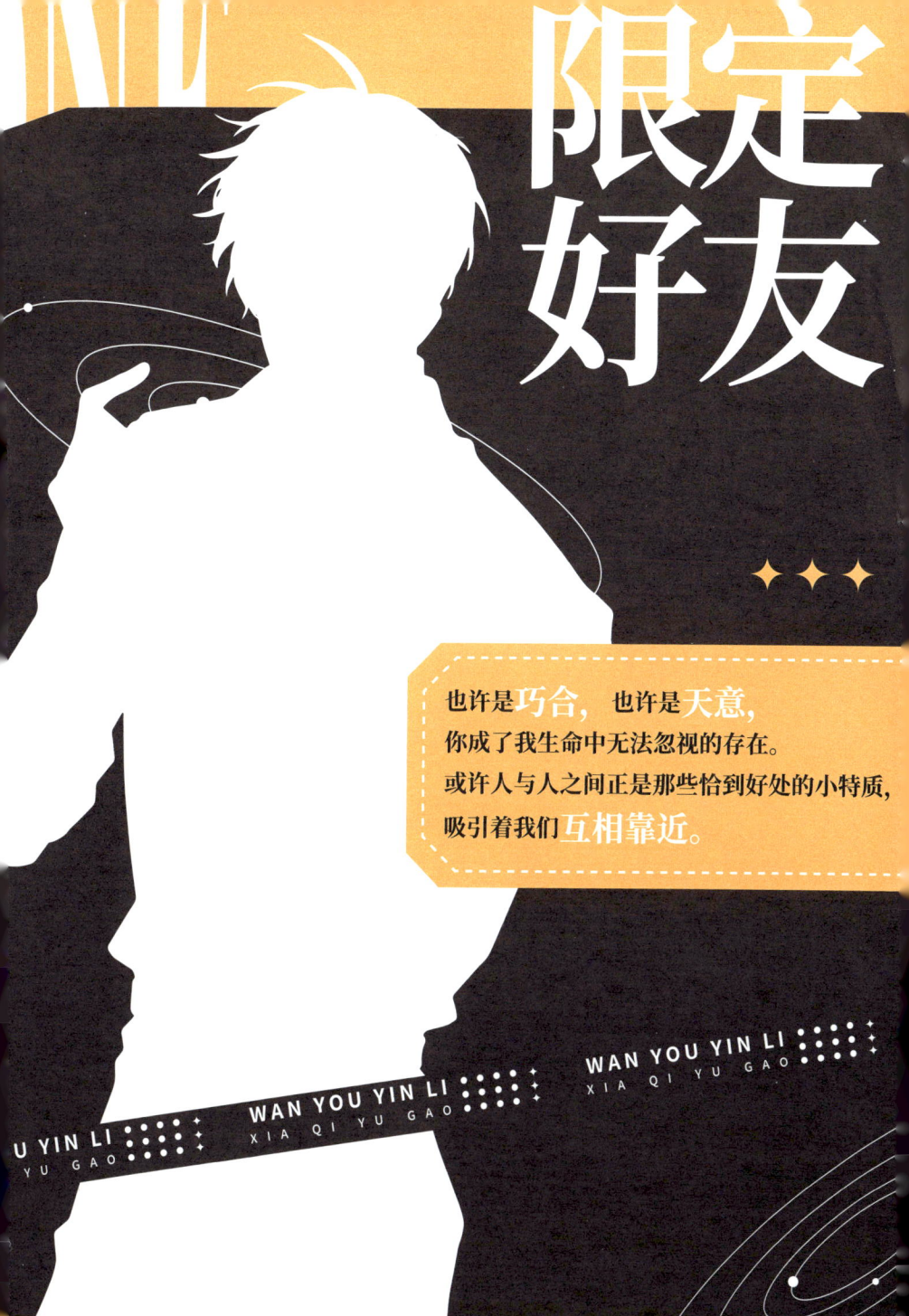

图书在版编目(CIP)数据

限定好友.3,对家终于翻车了 / 阿单学长主编.
—武汉：长江出版社,2021.4
ISBN 978-7-5492-7639-4

Ⅰ.①限… Ⅱ.①阿… Ⅲ.①短篇小说-小说集-中国-当代Ⅳ.
①I247.7

中国版本图书馆CIP数据核字(2021)第067789号

本书由天津漫娱图书有限公司正式授权长江出版社，在中国大陆地区独家出版中文简体版本。未经书面同意，不得以任何形式转载和使用。

限定好友3·对家终于翻车了　阿单学长 主编

出　　版	长江出版社			
	（武汉市解放大道1863号　邮政编码：430010）			
选题策划	漫娱　陈斯诺			
市场发行	长江出版社发行部			
网　　址	http://www.cjpress.com.cn			
责任编辑	江　南			
特约编辑	陈雪瑛			
产品经理	胡丽云			
总 编 辑	熊　嵩			
执行总编	罗晓琴	开　　本	880mm×1230mm 1／32	
装帧设计	吴　琪	印　　张	7.75	
印　　刷	武汉新鸿业印务有限公司	字　　数	204千字	
版　　次	2021年4月第1版	书　　号	ISBN 978-7-5492-7639-4	
印　　次	2021年4月第1次印刷	定　　价	39.80元	

版权所有，翻版必究。如有质量问题，请联系本社退换。
电话:027-82926557(总编室)　027-82926806(市场营销部)